Come to where
the Bitch Boys are
3
Ogeretsu Tanaka

INHALT

KAPITEL 12
BLACK HISTORY–
VORZEITIG
GEKOMMEN
COME TO WHERE THE BITCH BOYS ARE

ICH HAB'S DIR DOCH GESAGT!
DU HÄTTEST HIER MIT MIR WACHE SCHIEBEN SOLLEN!
DANN HÄTTEST DU DIR DIE VERLETZUNG ERSPART!
UH...
ACH, HALB SO SCHLIMM ...
GURUM
...
BIN AUF DEM RÜCKWEG BLOSS AUSGERUTSCHT ...
SCHMERZ! SCHMERZ, WEICHE VON AKEMI!
...
AKEMI, IST DER SCHMERZ WEG?
JA, IST ER!
AHHH... AKEMI ...
SWIFF
SWIFF
SNIEF
SNIEF
DU RIECHST NACH MILCH...
A-ACH JA...?

AH, RICHTIG...!
DU HAST BALD GEBURTSTAG, STIMMT'S?
NA JA, IST NOCH EIN MONAT HIN...
WAS WÜNSCHST DU DIR? WIRST IMMERHIN FÜNFZEHN!
ぱっ
PAAA
DA DARF ES RUHIG ETWAS BESONDERES SEIN!
ICH WERDE ABER NICHT FÜNFZEHN ...
RAUN
RAUN
RAUN
WAS IST LOS? DRÜBEN AM START HERRSCHT SOLCHE UNRUHE ...
STIMMT ...
OB WAS PASSIERT IST?
HEY! HEY...!
WAS IST GESCHEHEN...?
Heeey...!
AH!
AKEMI!

DIE E-GRUPPE WURDE OFFENBAR IRGENDWIE GETRENNT ...
EINIGE WERDEN VERMISST. DARUM SIND ALLE SO UNRUHIG.
VERMISST?! WER DENN?!
HÄ?
G-GENAUES WEISS ICH AUCH NICHT...
AH!
AKEMI?!
DASH
VERMISSTE? VIELLEICHT GESCHAH ES, ALS DER REGEN ANFING...
SAG BLOSS...
RAUN
RAUN
Die E-Gruppe?
RAUN

SORRY!
LASST MICH DURCH!
AUS DEM WEG!
SCHUBS
HA ...
HA ...
HA ...
HA ...
HA ...
!

KEI-CHAN ...
WAS IST PASSIERT?
WER IST VERSCHWUNDEN?
TARAP
TO-TONO UND YAGUCHI ...
DIE AUS DER ERSTEN...
...
ITOME-KUN...

DU BIST AUCH GANZ NASS ...
PAT
DU WIRST DICH ERKÄLTEN! SUCHEN WIR UNS EINEN GESCHÜTZTEN ORT!
...
JA...
KRZ
KRZ
KRZ
NGH...
DER REGEN NERVT!
REGEN! NERVIG! KALT!
WOBBA
WOBBA
BIBBER
BIBBER
ZUM GLÜCK BIN ICH UMGE-KEHRT ...
TAMURA!
HAST DU AUF DEM RÜCKWEG DIE ERST-KLÄSSLER AUS DER E-GRUPPE GESEHEN?
HÄ? NEIN, HAB ICH NICHT ...

DA DRÜBEN SIND ALLE GANZ PANISCH...
WAS IST LOS MIT DER E-GRUPPE?
...
DAS IST, WEIL...
SHIKATANI-SENPAI!

HI...
MIDO-SENSEI HAT MIR GESAGT ...
... DASS TONO UND KYOSUKE VERSCHWUNDEN SIND ...
...
JA...
WO SIND DIE LEHRER?
SUCHEN SIE BEREITS NACH IHNEN?
KONNO IST LOSGEZOGEN. ABER HIER IST EI FUNKLOCH. DARUM KEIN HANDYKONTAKT...
ES HIESS, WIR SOLLTEN HIER WARTEN, BIS DER REGEN VORBEI IST.
VERSTEHE ...
DU UND ITO-SENPAI, SEID IHR OKAY?
SIEHST SEHR BLASS AUS...
RUH DICH BESSER DA DRÜBEN AUS...
SCHON GUT...

SHIKA-TANI-SENPAI ...
KEINE SORGE! SIE KOMMEN BESTIMMT ZURÜCK...
DU SOLL-TEST ERST MAL...
ZRSCH
... DEINE BRILLE AB-TROCKNEN!

DU HAST RECHT ...
SORRY...
FSHHHHH
DRIPP

WO WILLST DU HIN?
DAS IST GEFÄHRLICH.
HÄ...?
WA-WAS DENN...?! ICH ÜBERLASSE DAS DOCH NICHT BLOSS KONNO!
ICH WERDE AUCH...
DER ABSTIEG VON HIER IST ABER GEFÄHR-LICH!
ÄH...
ICH DENKE, VON DA DRÜ-BEN WÄRE ES LEICHTER!

ICH KOMME MIT!
ZU ZWEIT IST ES SICHERER ALS ALLEIN.
GUT...!
ALSO DANN...
PAMM
OKAY! STOPP!
PAMM
VERGESST ES! ES HIESS, WIR SOLLTEN HIER WARTEN, BIS DER REGEN VORBEI IST.
PAMM
HIER, ZIEHT EUCH REGENSACHEN ÜBER!
ABER ...
KLAPPE, DU KNIRPS! GEH WIEDER ZURÜCK!
SONST GIBT ES VIER ANSTATT ZWEI VERMISSTE!
JE MEHR ZEIT ANDERWEITIG VERSCHWENDET WIRD, DESTO WENIGER BLEIBT FÜR DIE SUCHE NACH DEN BEIDEN!

SEID VERNÜNFTIG UND GEHT ZURÜCK! ES IST ALLES IN ORDNUNG!
DER REGEN HAT AUCH NACHGELASSEN...
PUSH
PUSH
PUSH
ICH VERSTEHE JA, DASS MAN FÜR LEUTE, DIE MAN MAG, ETWAS TUN WILL, ABER...

VERDAMMT DIESE VO-GELSCHEU-CHE IST SO DÄMLICH! UND TONO AUCH!
LOS, LOS, TAMU!
DU AUCH, KASHIMA! GEHEN WIR ZUSAMMEN ZURÜCK!
GUT...
FSHHHHH

...
NUN IST ES AUS...

NUN IST ALLES AUS... ICH HATTE ENDLICH MAL DIE CHANCE, GEGEN YU ZU GE-
WINNEN, UND NUN GEHT WE-
GEN DIESER BLÖDEN SACHE ALLES DEN BACH RUNTER! DAS IST DOCH WIRKLICH ZU DÄMLICH! UND DASS NOCH DAZU AUSGERECHNET ER AUS MEINER KLASSE DAS MIT-
KRIEGEN MUSSTE! ICH BIN ULTRATOT! ICH STERBE...! ICH WERDE ZUERST TONO UMBRINGEN UND DANN MICH SELBST!
ER WAR FÜR MICH IMMER EIN ENGEL... EIN IDOL...! UND NICHT NUR FÜR MICH. ER WAR FÜR ALLE DER ENGEL! UND NUN DAS...! DAS VER-
KRAFTE ICH NICHT... ES IST ZU VIEL... WAS MACHE ICH NUN? MUSS ICH JETZT GANZ ALLEIN IN DIESER GESETZ-
LOSEN WILDNIS MITTEN IN DEN BERGEN WEITERLEBEN? ICH WILL STERBEN!
HAAAH...
HÄ?
WAS SOLL DIESER SEUF-
ZER?!
ICH HAB ALLEN GRUND DAZU!
NA, UND ICH ERST!
GRM
GRM
WA...
HÄ?
ZABBA
HATSCHI!!
IRKS

I G I T T T!
AH, SORRY ...
HATSCHI !!
UAH!
RUTSCH
HA ...
BIBBER
...
TSS ...
DU TUST NUR SO, ALS WÜRDEST DU MIR ZUHÖREN, HÖRST ABER IN WAHRHEIT NIE ZU!
HÄ?
ZIPP
SAGTE ICH NICHT, DASS ES MITTAGS ZWAR WARM IST, DOCH NACH SONNENUN-TERGANG KÜHL?
J-JA... SAGTEST DU...
SLUFF

ぐい
ZOPP
HM!
...?
WAS?
DU SOLLST DAS AN-ZIEHEN!
WIE...?! IST ECHT NICHT NÖTIG ...
WENN DU DICH JETZT ZIERST, WERDE ICH NOCH BÖSER! HAST MIR BEREITS GENUG ÄRGER GEMACHT!
Ä-ÄRGER ...?
ABER DIR IST DOCH AUCH KALT...
ICH HABE MEHR MUSKEL-MASSE ALS DU!
GRM
WÄRE BLÖD, WENN DU NEBEN MIR ERFRIEREN WÜRDEST!
GRAPS
VIELEN DANK...

ÄHM...
TUT MIR ECHT LEID...
ICH MACHE TATSÄCHLICH NUR ÄRGER...
SELBST WENN ES NICHT SO GEMEINT WAR...
... SO WARST DU DOCH ZIEMLICH NETT ZU MIR...
...
ICH ...
... HABE DAS NICHT FÜR DICH GETAN...
ES WAR ALLES NUR FÜR MICH SELBST.

FSHHHH
ALLE, SAGST DU?
JA, ALLE HEISST ALLE.
ICH MACHE BLOSS NETTE DINGE FÜR ALLE, WEIL ICH WILL, DASS ALLE MICH NETT FINDEN.
YA-CHAN ...
WIESO MACHST DU DEN LEUTEN WAS VOR? IST DAS NICHT AN-STRENGEND?
HÄ?
DAS GEHT DICH EINEN DRECK AN! WAS BE-ZWECKST DU MIT DIESEN FRAGEN?
BEZWE-CKEN...? WAS SOLLTE ICH DENN BEZWE-CKEN...?

WIESO BIST DU EIGENTLICH NICHT ZU YU GEGANGEN, ALS WIR DA AM FLUSS WAREN?
ER HATTE DOCH NACH DIR GERUFEN?
WEIL ICH MIT DIR IN DERSELBEN GRUPPE WAR, YA-CHAN...
ZU DEM ZEITPUNKT WAREN DIE GRUPPEN ABER UNWICHTIG!
UND TROTZDEM...
... BIST DU NICHT ZU IHM GEGANGEN!
WAR ES EIN FEHLER, BEI DIR ZU BLEIBEN?
NEI...
NEIN, WAR ES NICHT!!
?
ES WAR KEIN FEHLER, ABER...
...
WAS MIR SCHON DIE GANZE ZEIT AUFFÄLLT ...

WENN DU SO AUF NETT MACHST ...
... BIST DU KASHIMA IRGENDWIE ÄHNLICH ...
LIEGT WOHL DARAN, DASS IHR COU-SINS SEID...
STIMMT ...
I-ICH MACHE YU NACH...
ICH KO-PIERE IHN TOTAL!

D-DU... KOPIERST IHN?
J...
JA! ICH SAGE NUR DINGE, VON DENEN ICH MEINE, DASS YU SIE AUCH SAGEN WÜRDE!
ICH... MACHE IHN EINFACH NACH...
WIESO SAGST DU...
GLAAA
... DAS SCHON WIEDER ...?
ALS OB EINER WIE DU...
... MICH VERSTEHEN KÖNNTE ...!
YU HATTE ALLES, WAS ICH HATTE...
... UND ALLES, WAS ICH NICHT HATTE...
DAS MACHTE MICH IMMER UNGLÜCKLICH...

ICH KENNE YU, SEIT ICH KLEIN BIN.
IM UNTER-SCHIED ZU MEINER FAL-SCHEN FREUND-LICHKEIT UND HEITERKEIT...
... WAR BEI IHM ALLES ECHT UND OHNE HIN-TERGEDANKEN.
ES WAR MIR UNMÖGLICH, IHM ZU SAGEN, WIE SEHR ICH IHN BEWUN-DERTE.
AUSSER-DEM...
... WAR ICH NEIDISCH.
HÄ?
DU WIRST ALSO AUF EINE ANDERE MITTELSCHULE GEHEN ALS ICH, KYOSUKE!?

Ja, Kyosuke wohnt knapp außerhalb unseres Schulbezirks …
Haus der Kashimas
Haus der Yaguchis
Osten
Westen
Seit letztem Jahr …
Kashimas großer Bruder
Hm …
Ach …
Verstehe … du kommst in die Mittelschule im Westen …
Ich werde dich vermissen!
Tja …
So begann das damals irgendwie …
Auf der neuen Mittelschule waren kaum Leute aus der alten Unterstufe …
… und ich wollte mein bisheriges Ich wenigstens ein bisschen verändern …
Für diese Veränderung …
… brauchte ich ein Vorbild.

SCHULEINTRITTSFEIER
BLA
RAUN
RAUN
BLA
WAS WÜRDE YU JETZT TUN?
WENN ER NUN AN MEINER STELLE WÄRE...
GLIMPS
HEY!
IN WELCHER GRUNDSTUFE WARST DU?
LÄCHELN! LÄCHELN!
ÄHM ...
IN DER AOI-GRUNDSTUFE...
AH! ICH WAR IN DER MARU ...!
ICH BIN YAGUCHI KYOSUKE! FREUT MICH, DICH KENNENZULERNEN!
MI ...
MICH AUCH...!
VON DEM TAG AN...

... VERÄNDERTE ICH MICH DRASTISCH...
ICH SAGTE DINGE, DIE YU OFT GESAGT HATTE...
ICH TAT STETS, WAS YU GETAN HÄTTE, UND LACHTE IMMER WIE ER.
DARAUFHIN...
... SCHARTEN SICH DIE LEUTE UM MICH, DASS ICH NUR SO STAUNTE...

LASST UNS DAS DOCH ZU-SAMMEN TUN! SO MACHT ES MEHR SPASS!
MEIN PAPA WAR GESTERN WIEDER IRRE SAUER AUF MICH...!
AH, DAS MAG ICH AUCH!
BLUMENLEXIKON
ES WAR GE-RADE SO, ALS WÄRE ICH YU GEWORDEN.

ICH SCHAFFTE ES INS ZENTRUM DER AUFMERKSAMKEIT ALLER.
KYOSUKE!! ENTSCHULDIGE DICH ORDENTLICH!
DIE KAMERA IST YU DOCH HEILIG!
YAGUCHI
WOLLTE SIE BLOSS ANSEHEN, DA FIEL DIE RUNTER...
DU WARST ES, DER SIE HAT FALLEN LASSEN!
DARUM ENTSCHULDIGE DICH!
NICHT DOCH! DAS LÄSST SICH REPARIEREN...!
PAPA MEINT DAS AUCH ...!
KYOSUKES MAMA MACHT MIR ANGST ...
Haha!
KYOSUKE HAT ES DOCH NICHT MIT ABSICHT GETAN!
YU... ES TUT MIR SO LEID...
DIE REPARATUR ÜBERNEHMEN NATÜRLICH WIR!
ALSO WIRKLICH...! EIN GLÜCK, DASS YU SO NETT IST!
ABER NUN ENTSCHULDIGE DICH, DUUU...
WAH!
LASS DAS, ALTE! SORRY, YU!
PATSCH
PATSCH
WIE WAR DAS?!

MIE-CHAN! EIN ANRUF FÜR DICH VON KYOSUKES VATER!
WAS...? JA, ICH KOMME...!
KYOSUKE! SEI JETZT EIN BRAVER JUNGE!
JA, JA...
...
GUAAAAH!
HEY...
DAS MIT DER KAMERA... GEHT DAS WIRKLICH IN ORDNUNG?
JA, ALLES OKAY!
YU, SAG MAL ...
WIESO BIST DU EIGENTLICH SO NETT?
DU HAST DOCH GAR NICHTS DAVON...!
ÄH...
Hä?
VERDAMMT...! ICH HATTE ES DOCH MIT ABSICHT GETAN...

WIE ...?
NETT, SAGST DU? ICH...?
DENK MAL DARAN ...
... WIE OFT DU MIR ALS KIND SPIELSACHEN GEGEBEN HAST, DIE ICH WOLLTE!
ICH HATTE JA GROSSE BRÜDER UND BEKAM DARUM FAST NIE WAS NEUES!
HAB ICH...? SICHER NUR, WEIL ICH SIE SATTHATTE ...
KRZ
KRZ
MEINE LIEBE ZUR FOTOGRAFIE ENTDECKTE ICH DURCH DIE SPIEL-ZEUGKAMERA VON DIR!
HÄ...?
WAS DENN ...?
Peinlich berührt ...?
ICH WAR DAMALS TOTAL HAPPY!
ICH VERSTEHE DAS NICHT GANZ...

MEIN VATER SAGT, DASS MAN SICH GEGENSEI-TIG HELFEN MUSS.
ICH FREUE MICH, WENN ICH GUTE FREUNDE UNTERSTÜT-ZEN KANN!
WIR WAREN DOCH STETS GUTE FREUNDE UND EBEN AUCH FAMILIE!
AUSSERDEM TUST DU SO, ALS WÄRE ICH DER EINZIG NETTE VON UNS BEIDEN. DABEI BIST DU...
ABER ES IST NICHT AUSGEWO-GEN!
HÄ?
DU UND ICH... WIR SIND...
AUSGEWO-GEN...? WAS SOLL DAS HEISSEN?
FREUNDLICH-KEIT MISST MAN DOCH NICHT IN WAAGSCHALEN!

HAHA! PEINLICH, SO DARÜBER ZU REDEN, WAS?
ODER ...?
...
JA...
JE ÖFTER WIR ZUSAMMEN WAREN, DESTO KLARER WURDE MIR...
... DASS ICH YU EINFACH NICHT GEWACHSEN WAR...
ICH HABE FÜR ALLES EIN OFFENES OHR...
ABER ...
... SOLANGE ICH YU IMITIERE, WERDE ICH VON ALLEN GEMOCHT.
DU WILLST REDEN? WORUM GEHT'S?
DANN BIN ICH POPULÄR.
AH...
VERSTEHE... DAS IST WIRKLICH PECH...

WAS...? ICH?
ACH, ICH VERSUCHE GAR NICHT SO SEHR, NETT ZU ALLEN ZU SEIN...
ES IST EINFACH SO, DASS ALLE NETT ZU MIR SIND...
... UND DAS FREUT MICH EBEN...
MEIN VATER SAGT, DASS MAN SICH GEGENSEITIG HELFEN MUSS.
ICH FREUE MICH, WENN ICH GUTE FREUNDE UNTERSTÜTZEN KANN!
HÄ? WAS REDEST DU DA VON „AUSGEWOGEN"...?
AUSSERDEM BIST DU EBEN EINE GUTE FREUNDIN, RISA-CHAN...
DANN LIEBEN MICH ALLE.

FREUNDLICH-KEIT MISST MAN DOCH NICHT IN WAAGSCHALEN!

KYOSU-
KE...
MEINE
MUTTER
MÖCHTE,
DASS DU
HEUTE ZUM
ABENDESSEN
KOMMST
...
DANN
BIS SPÄ-
TER...
ICH
WAR TOTAL
DURCHEIN-
ANDER...
ES WAR
MIR SO
PEINLICH,
DASS ICH
EINFACH NUR
WEGRENNEN
WOLLTE...
ABER MEINE
BEINE WAREN
SCHWER WIE
BLEI UND ICH
KONNTE KEINEN
SCHRITT TUN...
ICH MERKTE
NUR, WIE MIR
DIE HITZE IN DEN
KOPF STIEG, ALS
WOLLTE SIE IHN
SPRENGEN...

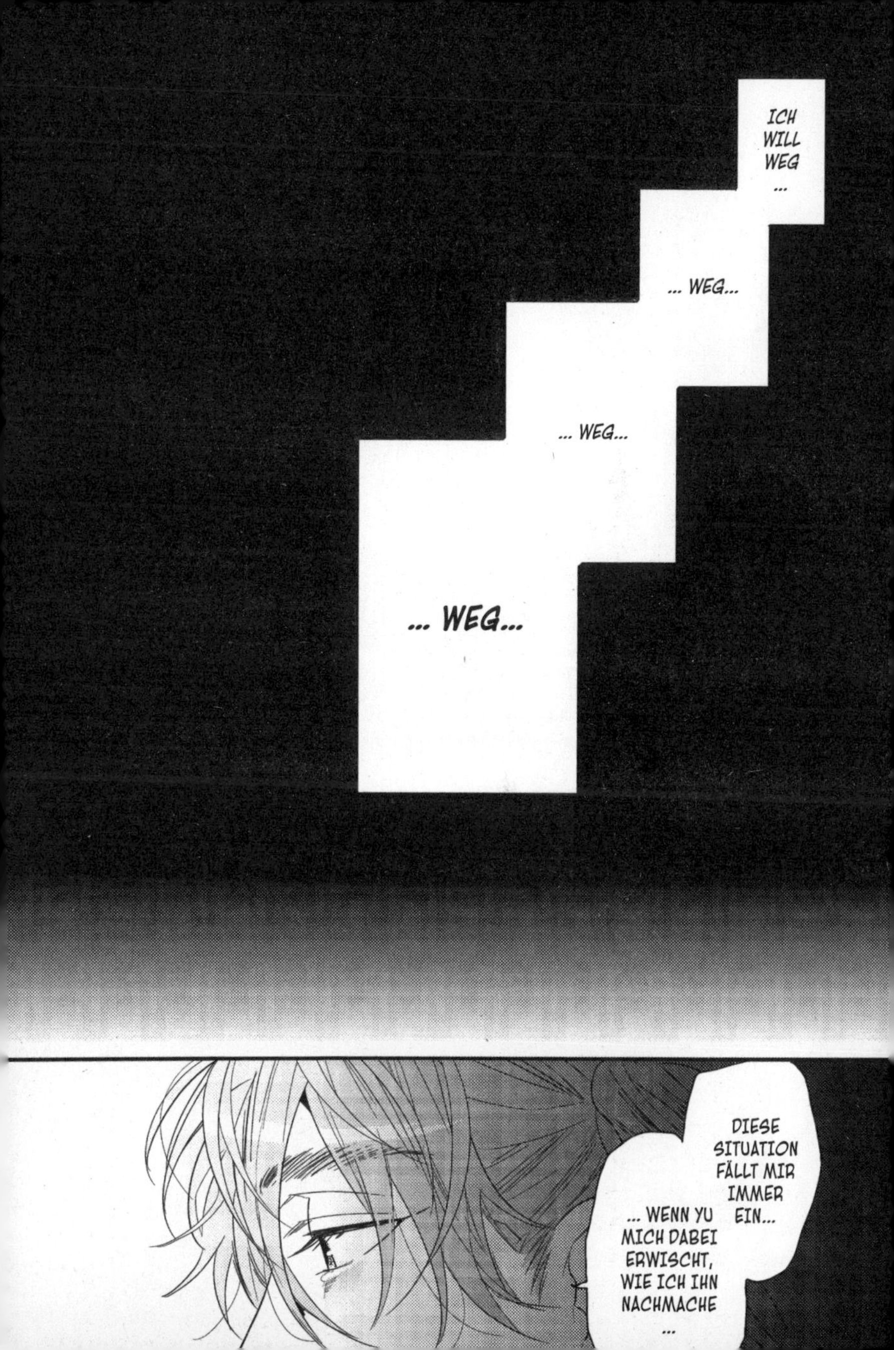
ICH WILL WEG ...
... WEG...
... WEG...
... WEG...
DIESE SITUATION FÄLLT MIR IMMER EIN...
... WENN YU MICH DABEI ERWISCHT, WIE ICH IHN NACHMACHE ...

ER MERKT ES GANZ SICHER ...
... MEINE ICH DANN SOFORT...
JE LÄNGER ICH DARÜBER NACHDENKE...
... DESTO MEHR WILL ICH VOR PEINLICHKEIT EINFACH VERSCHWINDEN ...
BLUSH
ICH WILL IN EINER WELT OHNE YU SEIN...
... DOCH DAS KANN ICH NICHT, DENN...
... ICH BRAUCHE MEIN VORBILD.

SONST...
... WÜRDE ICH MEINE BELIEBTHEIT VERLIEREN.
...
...
YA-CHAN...
DU WILLST VON MÖG-LICHST VIE-LEN LEUTEN GEMOCHT WERDEN...
JA...
ABER ICH DENKE...
... DASS ES HIER NICHT SO SEHR UM DIE ANZAHL GEHEN SOLLTE...

AN-ZAHL?
ICH KANN DAS NICHT SO GUT ERKLÄ-REN...
DOCH DU SOLLTEST DICH NICHT MIT ALLER GEWALT BEMÜ-HEN, VON VIELEN GEMOCHT ZU WERDEN...
WENN DIR NUR EINIGE SAGEN, DASS SIE DEN **WAHREN** YA-CHAN TOTAL MÖGEN...
... NUR EINIGE WENIGE... DANN REICHT DAS, DEN-KE ICH...
SO ET-WAS...
... HAT MIR NOCH NIE JEMAND GESAGT...
WUPP
ÄHM...
JA?
A-ACH, ES IST NUR...
... WIE SEHR ICH DICH MAG...
DER WAHRE YA-CHAN HAT MICH ETWAS ER-SCHRECKT, ABER...
... DAS HAT NICHTS DARAN GE-ÄNDERT...
ZIBBA
ZABBA
WO-RAN?
HÄ?
N-NA JA... DARAN...

BUA HA HA HA HA HA HA HA!
PLÄÄÄ
WAS...?
WIE SEHR DU MICH MAGST?! WIE SEHR DU MICH MAGST, SAGST DU...?!
WAH! ICH PLATZE GLEICH VOR LACHEN! HAHAHAHA! HIHI! HI...!
IST DIE REAKTION NICHT ETWAS GEMEIN?!
OH GOTT! ICH STERBE... HIHI! PUH...
UGH...

HAHAHA...! ACH, DU BRINGST MICH ECHT ZUM LACHEN!
DAS HATTE ICH NICHT IM SINN!
Hihihi!
SEI NICHT SAUER!
MAGST DU MICH NUN WENIGER? HIHI...
Haaah...
NEIN, TUE ICH NICHT!
TUST DU NICHT!!
WAHAHAHAHA!
PFFFFF...
GRRR
UND NOCH WAS...!
DU VERGISST DA EINE WICHTIGE PERSON!!
HÄ?
WAS SOLL DAS HEISSEN?
DU BIST BESORGT DARÜBER, WAS KASHIMA VON DIR DENKEN KÖNNTE, ABER...
... ZU MIR HAT ER NIE EIN BÖSES WORT ÜBER DICH GESAGT ODER DASS DU IHN IMITIEREN WÜRDEST...
... UND ZU ANDEREN WOHL AUCH NICHT...
NICHT NUR ICH... AUCH KASHIMA HAT DICH...
... SCHON IMMER ALS SEINEN FREUND BETRACHTET...

ER... IST EBEN SO EIN TYP.
SIEHST DU!
DAMIT WÄREN ES BEREITS ZWEI LEUTE!
ALS MEINE FREUNDE BEZEICHNEN WÜRDE ICH AN DIESER SCHULE NUR DICH...
... UND MIT KNAPPER NOT KA-SHIMA...
MIT KNAP-PER NOT...
...
UND DARUM... ÄH...
... DENKE ICH, DU BRAUCHST NIEMANDEN NACHZU-MACHEN...
SEI EINFACH DU...
STIMMT ...
VOR DIR KANN ICH DAS ECHT LASSEN...
BLOSS VOR MIR?!

DAS HÖRT SICH JA FAST SO AN...
... ALS SÄHEST DU IN MIR EINE ART ENGEL...
...
AH! DER REGEN...
OH!
YA-CHAN! DER REGEN HAT AUFGEHÖRT!
MEINST DU, WIR KÖNNTEN NUN LOSGEHEN?
JA, SIEHT SO AUS. VIELLEICHT GIBT ES EINEN RIESENWIRBEL UNSERETWEGEN...
DRIPP
OB SHIKATANI UND ITO KLARGEKOMMEN SIND?
WIR GEHEN BESSER SCHNELL ZURÜCK.
LOS...

HM?
NUN STEIG ENDLICH AUF!
HÄ?! AUFSTEIGEN?! VERGISS ES!
TAPS
ES IST LEICHTER, ALS DICH BEIM LAUFEN ZU STÜTZEN! KEINE SORGE! BIST OHNEHIN EIN FLIEGENGEWICHT!
BIN ICH NICHT! UND... ICH KANN AUCH ALLEIN...
SCHÜTTEL
HACH, DU NERVST! HALT JETZT DIE KLAPPE UND TU, WAS ICH SAGE!
...

SORRY, YA-CHAN ...
KLAPPE! QUATSCH MIR NICHT SO INS OHR!
SORRY!
DAS EWIGE „SORRY" NERVT! WENN SCHON QUATSCHEN, DANN BITTE DARÜBER, WAS DU AN MIR MAGST!
WIE...?!
ÄHM... DEIN SÜSSES GESICHT...
NI-NIMM DAS NICHT ERNST, DU IDIOT!
Hey! Bloss mein Gesicht...?!
ZASA
ZASA
ZASA
Es regnet nicht mehr...
Ob sie okay sind...?
KONNO-SENSEI, WIE IST ES GELAUFEN?
AUF DEM UNTEREN WEG WAREN SIE NICHT. ALSO HABE ICH NOCH WEITER IM WALD...
A... AH...! DA SIND SIE!
WAH?!

SIE... SIE SIND WOHLAUF!
WO HABT IHR NUR GESTECKT?!
UH...
Gott sei Dank...!
Oh...!
BIN AUSGERUTSCHT UND EIN WENIG ABGESTÜRZT...
HÄ?! NEIN, ICH BIN...
AH!
Kh...
CLAP
CLAP
SHIKATANI UND ITOME...
SORRY WEGEN ...
... DES RGERS ...
ICH DACHTE, IHR WÄRT TOT!!
TOT?!
ICH WAR SICHER, DASS IHR TOT SEID!!
GAAA
UND DASS EURE LEICHEN ZERSTÜCKELT WÄREN UND IHR DANN ALS GEISTER VON UNS VERLANGEN WÜRDET, DAS LEICHENPUZZLE WIEDER ZUSAMMENZUSETZEN...!
Aber, aber...
REDE NICHT VON ZERSTÜCKELTEN LEICHEN...!
LEICHENPUZZLE...

...
ALLES IN ORDNUNG...?
SORRY...
... DASS WIR EUCH SORGEN BEREITET HABEN...
NEIN, KEIN PARDON...!
WENN DU MICH NICHT ORDENTLICH RANNIMMST, VERZEIHE ICH DIR NICHT!
ICH WILL NICHT MIT DIR SCHLAFEN...
GRAB
Haaah...

SORRY, DARF ICH MAL...
WIE KONN-TET IHR NUR...?!
GNA
GNA
EIN GLÜCK, DASS IHR NOCH LEBT!
GNA
DAS GÄBE EIGENT-LICH EINEN VERWEIS, ABER DA ES EIN UNFALL WAR...
HAAAH...
KNICK
へな...
WAS IST...?!
SEID IHR VER-LETZT?!
!
Ha!
ACH... NEIN...
ICH HAB NUR EIN PAAR KRATZER, TO-NOS FUSS UND RÜCKEN HABEN JEDOCH MEHR ABGEKRIEGT.
DANN GEH DU MAL DA RÜBER ZU MIDO-SEN-SEI, YAGUCHI. ER KANN DICH VERARZTEN.
TONO, DU MUSST ZURÜCK UND AUF DIE KRANKEN-STATION!
OKAY...

SORRY, TONO! ICH BEGLEITE DICH, ABER ERST MUSS ICH ZU DEN WARTENDEN SCHÜLERN UND...
SENSEI! ICH WERDE IHN BEGLEI-TEN!
KA-SHIMA!
TONO, KYOSU-KE...
EIN GLÜCK, DASS IHR WIEDER DA SEID...!
J-JA... SORRY ...
DAS IST DIE RETTUNG, KASHIMA! DANN GEHE ICH JETZT MIT YAGUCHI!
!
GUT.
YA-GUCHI, KANNST DU LAU-FEN?
ÄH... JA...
MIST...!
GLIMP
ES IST ZU FEUCHT. DAS LAGERFEUER MUSS WOHL AUSFALLEN...

...!
TONO, GEHEN WIR!
JA!
DANKE...
WUPP
LOS!

ALLES OKAY?
JA... ABER BIN ICH NICHT ZU SCHWER?
NEIN, GAR NICHT!
ÄHM...
DIE SACHE... TUT MIR LEID...
SCHON GUT. MACH DIR KEINEN KOPF.
ÄH...
DANKE...
...
WARUM BEDAN-KE ICH MICH...?
HM...?
SAAAA
ISt ER IRGEND-WIE...
... SAUER...?
...
ICH BIN IHM EBEN DOCH EINE LAST! WAS MACHE ICH NUN...?

GARA
VERZEI-HUNG...!
BEI DER MUT-PROBE HAT SICH JEMAND VERLETZT...!
KÖNNTEN SIE...
LEER
HÄ...?
?
HIER IST KEI-NER...

OKAY!
SONST NOCH IR-GENDWELCHE VERLETZUN-GEN?
NEIN, ALLES PRIMA!
VIELEN DANK!
ZUPP
EIN GLÜCK, DASS DIR NICHT MEHR PASSIERT IST!
SEI KÜNFTIG VORSICH-TIGER!
JA, TUT MIR LEID!
UND NUN SCHÖN BRAV ZURÜCK INS ZELT!
JA!
WUIT
...
BONKS
PUH ...

OB ICH DAS SELBS AUFKLEBE KANN? IST EINE KOMISCH STELLE...
HEY, VOGELSCHEUCHE!
WUPP
IIIRK
WA-WAS IST LOS? HAST MICH ERSCHRECKT ...
WAS MACHST DU DENN HIER, VOGELSCHEUCHE?
DU HAST GERADE EINE KOMPRESSE GEKLAUT, WAS?
KÖNNTEST DU DIE »VOGELSCHEUCHE« MAL WEGLASSEN?
UND?
WOZU BRAUCHST DU DIE KOMPRESSE?
...
FÜR EINE... ANGESCHLAGENE STELLE ...
ACH JA?
ZEIG MAL, VOGELSCHEUCHE!
DAS GEHT DICH NICHTS AN. VERSCHWINDE JETZT BITTE.
NERVIG.
NUN KOMM ENDLICH! ZEIG HER, VOGELSCHEUCHE!
ROFF
UAH ...!

WAH ...!
SIEHT HEF-TIG AUS!
ACH, IST HALB SO WILD.
WIESO HAST DU VORHIN NICHTS GESAGT UND BIST MIT ZUR KRANKEN-STATION?
WEIL ER...
... SICH DANN SORGEN GEMACHT HÄTTE...
...
„ER“ ...?
KONNO-SENSEI...!
STIMMT ES, DASS ES VER-LETZTE GAB ...?!
!
WIE...? WAS...? ITA-SEN-SEI?
GLIMPS
HAB ES GEHÖRT UND BIN SOFORT GEKOM-MEN!
TAPPA TAPPA
HÄ?!
TONO IST EBEN ZUR KRAN-KENSTATION ...
MIST! DANN HABEN WIR UNS VER-PASST...!
...

SCHEINT, ALS WÄRE BIS VOR KURZEM NOCH JE-MAND HIER GEWESEN ...
LEGEN WIR DIR ERST MAL KOMPRESSEN AUF FUSS UND RÜCKEN.
ACH...
DEN FUSS SCHAFFE ICH ALLEIN ...
SCHON GUT. SETZ DICH.
...
FLAPP
OKAY ...
JETZT DEN RÜ-CKEN.
HM...
SLUFF
...
ZRUFF

...
ZUCK
...
ACHTUNG, KALT ...
RTSCH
GUT ...
KASHIMA...
BIST DU ETWA SAUER?
WAS...?
WEIL ICH DIESEN ÄRGER GEMACHT HABE...?
HÄ?! ACH, NEIN ...
ICH BIN NICHT SAUER! NEIN...!
NEIN...? ECHT NICHT?
ICH WAR NUR ...
... FRUSTRIERT...

ALS ICH HÖRTE, DASS DU UND KYOSUKE VERSCHWUNDEN SEID...
... KONNTE ICH NICHTS TUN AUSSER WARTEN...
So, es klebt!
DU HÄTTEST DIR DESHALB NICHT SO GROSSE SORGEN MACHEN MÜSSEN...
Brrr, kalt...
HAB MICH GEIRRT ...
SORRY ...
DU HATTEST OHNEHIN ANGST UND DANN WIRKE ICH AUCH NOCH, ALS WÄRE ICH SAUER...
DOCH ICH WAR WIRKLICH BESORGT... UND NUN NOCH DIESE VERLETZUNGEN...
E-ES GEHT MIR...
... ABER GUT...
DU MACHST DIR ECHT ZU VIELE SORGEN, KASHIMA!
DIE VERLETZUNGEN SIND NICHT SO SCHLIMM...
ICH MAG DICH.
HÄ?

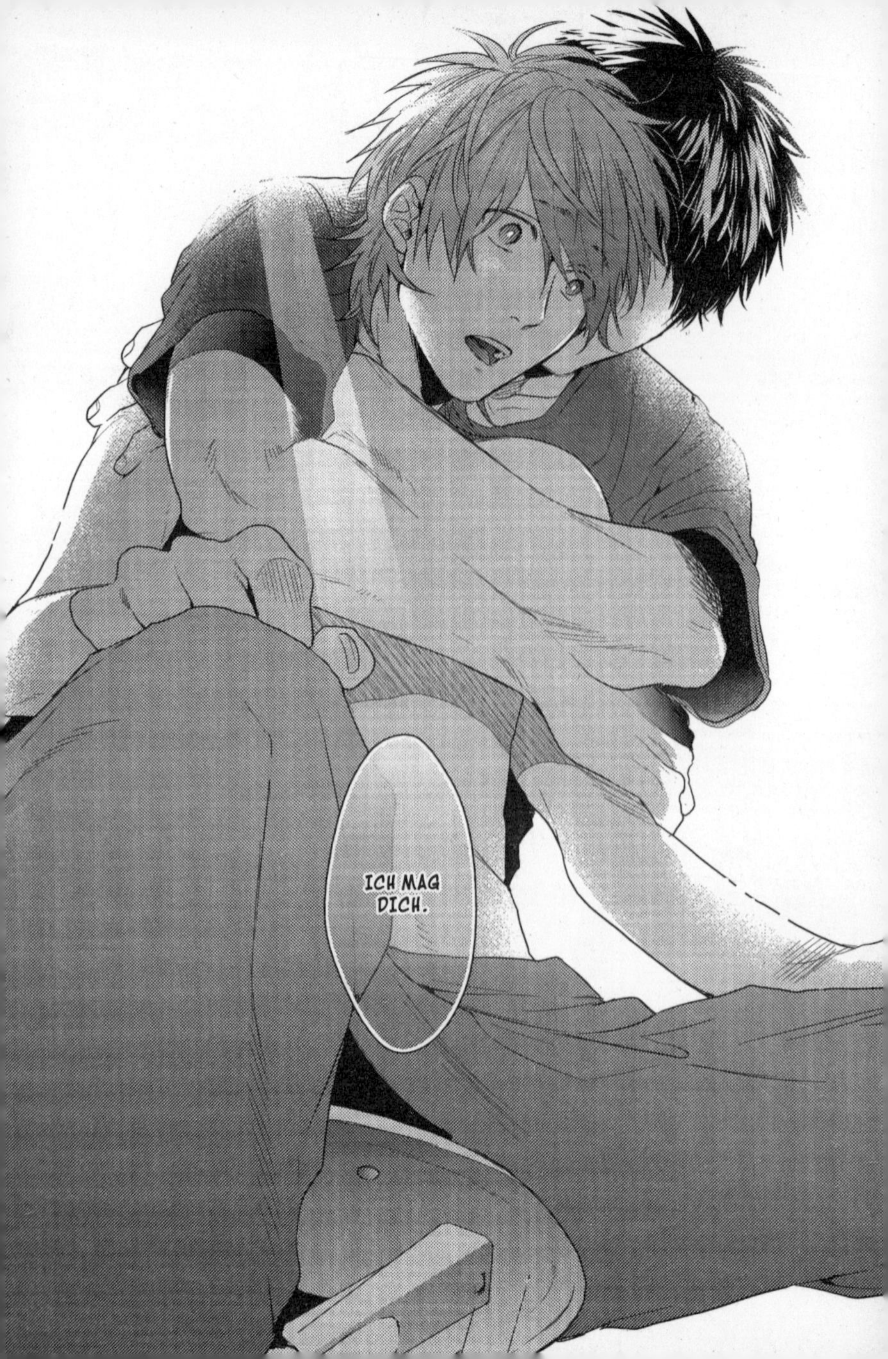
ICH MAG DICH.

ICH WILL... MIT DIR ZUSAMMEN SEIN...
GRAB
UAH?!
ICH WERDE GUT ZU DIR SEIN.
WIE BITTE?!
BLUSH
HA...
HÄ?

TONO...
ICH DACHTE, ES SEI OHNEHIN KEIN GEHEIMNIS MEHR...
...
SWIFF
DARUM WOLLTE ICH ES AUSSPRECHEN...
GLAAA
BAAA
WA...
WARTE, WARTE!!
WARTE, WARTE, WARTE, WARTE!!
WOPP
WIESO?!
HÄ?

DU REDEST VON ZUSAMMENSEIN. DAS IST DOCH... AH, VORHER EINE FRAGE!
ZIBBA
ZABBA
WIESO ICH?!
ICH HABE FÜR DICH NIE ETWAS GETAN, WOFÜR DU MICH MÖGEN KÖNNTEST!
GATA
WARUM ALSO ICH?! NOCH DAZU EIN MANN!
ZIPP
ES HAT MICH IMME BESCHÄFTIG DASS ICH...
... IM GRUNDE GAR NICHTS FÜR DICH TUE...
...
WARUM, FRAGST DU...?
...
WARUM WOHL?!

WEISST DU DAS
DENN NICHT?!

Come to where the Bitch Boys are

BLACK HISTORY – VORZEITIG GEKOMMEN

KAPITEL 13
BYE-BYE, KLUBRAUM!
COME TO WHERE THE BITCH BOYS ARE

Come to where the Bitch Boys are

Ogeretsu Tanaka

BOMM
TONO-KUN!
MORGEN!
BOMM
BOMM
ICH BIN'S, DER KLUBBOSS! RAUS AUS DEM BETT! MACH AUF!
BOMM
BOMM
GESTERN...
... ENDETE DAS SCHULCAMP IM WALD UND HEUTE...
BOMM
BOMM
BOMM
... HABEN WIR EINEN FREIEN TAG...
BOMM
...
HEY! HEY!
BOOOM
WIR TREFFEN UNS NACH DEM MITTAGESSEN IM KLUBRAUM!
BOMM
BAMM
STEHST DU AUF...? TONO-KUUUN...!!
BOMM
BAMM
BAMM

TOOO-NOOO-KUUUN...!
BIN JA SCHON WACH! IST JA GUT!!
GABBA
AH, PRIMA ...! ♪
DANN BIS SPÄTER!
...
HA...
GESTERN ...
GESTERN ...!!
WARUM WOHL?
HÄ?!
GRM
Dripp
TJA, WARUM WOHL...?
DIESE FRAGE HAB ICH DIR GESTELLT!
HAHA ...
AUSSERDEM BIN ICH DOCH EIN MANN?!

DAS HAT WOHL NICHTS MIT MAN ODER FRAU ZU TUN...
...
U-UND
AH, DA SEID IHR JA! WIR HATTEN UNS VERPASST...!
IIIRK
TUT MIR LEID ...!
WAS...? STÖRE ICH GERADE ...?
Ähe...
NEIN!
ALLES IN ORD-NUNG!
DU KANNST NUN WIEDER ZURÜCKGEHEN, KASHIMA-KUN! GUTE ARBEIT...
AH, SOGAR KOMPRES-SEN...
GATTAN
OKAY...
DANN GEHE ICH MAL...
SEI VORSICH-TIG!

...„WARUM-WOHL?"... WAS SOLL DAS HEISSEN...!?
...
WI-WILL ER MICH BLOSS VERALBERN...?
ABER KASHIMA IST NICHT DER TYP FÜR SO WAS...
VIELLEICHT IST DER BITCH-BOYS-KLUB SO EXTREM, DASS ER JETZT ABGESTUMPFT IST...
...
ICH HALTE ICH SELBST MANCHMAL UCH FÜR AB-ESTUMPFT...
HA!
は、
ODER ...
!
PUH! ICH HAB MICH ÜBER-FRESSEN...
RÜLPS
AH...!
MITTAG-ESSEN!

AH!
hydrant
KASHI-MA...!
HI! AUCH UNTERWEGS ZUM KLUB-RAUM?
TONO! WARTE!
HÄ?
GEH DU VORAUS...
MU-MUSS VORHER NOCH MAL IN MEIN ZIMMER!
IIIRK
?!
ALSO, WEGEN GESTERN...
ICH...
DOMM...

DOMM... DOMM-DOMM...
KLACK
KLACK
KLACKA
DOMM...
KLACKS
DOMM-DOMM...
DOMM...
KLACKA
KLACK
KLACK
KLACKA
KLACKS
WAS MACHT ER DA...?
(VORSICHTIG GEFRAGT.)
ER FÜHRT SEIN KLEINES LOVE EGG SPAZIEREN.
SPAZIEREN...? UND WAS SOLL DIESES »DOMM«...?
DER LAUT DER LOVE-EGG-FÜSSE...
ACH, DER LAUT DER...
FÜSSE?! SAGTEST DU FÜSSE?!
IST DAS SEIN HAUSTIER?
YEAH!
UND ES GIBT NOCH EINES...
HÄ? WO...?

HIIIER! ♥
GRAB
...
...
KLICK
HUIAAA!
ES IST IN SEINEM HINTERN UND ICH STEUERE ES FERN!
WILL ICH GAR NICHT SO GENAU WISSEN...
HIERMIT
TONO, WILLST DU'S AUCH MAL VERSUCHEN?
Hier regelt man die Stärke...
NEIN DANKE! NEIN DANKE!
Kein Interesse!
HUIWUI!
HEY, DAS DING IST GAR NICHT AN!
WIE ...?
ÄHEHE ...
ひゃあ~
HUIAAAH!
FOTOGRAFIE-KLUB
ICH HABE HEUTE ETWAS WICHTIGES BEKANNT ZU GEBEN!
Uah! Aufhören! Bitte aufhören!

WAS DENN? SICHER WIEDER IRGEND-WELCHEN UNSINN...
STIMMT!
...
IMMER NOCH NICHT SEXTIME?!
NEIN, NOCH NICHT.
ZAPP
HEUTE WIRD UNSER BITCH-KLUB...
FOTO-KLUB!
... IN EINEN ANDEREN KLUBRAUM UMZIEHEN!
HÄÄH...?
NA? WAR DOCH WICHTIG, ODER?
HÄÄH...?
YURI, DU ALS VIZEBOSS WUSSTEST GAR NICHTS DAVON?!
ICH HABE MEHRMALS VERSUCHT, ES IHM ZU SAGEN, ABER DAUERND VERSCHWAND ER! WIE EIN NINJA!
Also von wegen ...Häääh...?*!
UND WARUM ZIEHEN WIR UM?

WEIL ES EINEN NEUEN KLUB MIT VIELEN MITGLIEDERN GIBT, DER DIESEN RAUM HABEN MÖCHTE.
WIR SIND NUR WENIGE UND KÖNNEN EINEN KLEINEREN, WEITER ENTFERNTEN RAUM BENUTZEN.
HÄÄÄH...? IST DAS DEIN ERNST...?
DARUM BEGINNEN WIR GLEICH MIT DEM UMZUG!
WIR TEILEN DIE ARBEIT AUF UND BRINGEN DIE SACHE HEUTE NOCH ZU ENDE!
HEUTE NOCH?!
BONKS
GUT. JETZT IST ALLES EINGEPACKT!
Alben 3
AKEMI-SENPAI, IST DAS SO IN ORDNUNG?
HM?
JA, ALLES PRIMA!
HA... BIN GANZ ERSCHÖPFT ...
DOCH DEN LAGERRAUM HATTE ICH MIR CHAOTISCHER VORGESTELLT. ER IST EIGENTLICH RECHT ORDENTLICH!

JA, WEIL ICH HIER ÖFTER AUFRÄUME!
DU...?! ECHT?
JA, BIN IMMERHIN DER KLUB-BOSS! ♥
DASS DU MAL BOSS-ARBEIT ERLEDIGST... ERSTAUNLICH...!
NUN WERD NICHT FRECH!
Alben i
GANZ SCHÖN VIELE ALBEN, WAS?
AUS DER ZEIT, ALS DAS NOCH EIN NORMALER FOTOGRAFIEKLUB WAR...
HEY, SAG MAL, TONO...
ZWISCHEN DIR UND KASHIMA WAR DOCH ETWAS, ODER?
Hepp!
HÄ?! NEI-NEIN!
AH!
HACH...!
LÜGNER! ♥
ICH WEISS ES JA! ER HAT DIR SEINE LIEBE GESTANDEN...!
ZASA
?!!
VERSUCH ES DOCH MIT IHM!

WAS...?!
FALLS ES NICHT KLAPPT, KÖNNT IHR DOCH IMMER NOCH FREUNDE SEIN!
NEIN! UND ÜBERHAUPT...! WIR SIND BEIDE MÄNNER!
PROBIEREN GEHT ÜBER STUDIEREN!
Hau ruck!
UND SELBST WENN DU IHN ANFANGS NICHT SO LIEBST...
... SO KÖNNTE SICH DAS NOCH ENTWICKELN.
SO... SO WAS WÄRE EINEM PARTN GEGENÜBER JEDOCH NIC FAIR...
MIT IHM ZU SPIELEN, OHNE VERLIEBT ZU SEIN...
ACH JA...?
HM...? AH!
DAS HIER...
DAS IST DEIN ALBUM AUS DEM ERSTEN JAHR, RICHTIG?
DARF ICH ES MIR ANSEHEN?
HM...? JA, NUR ZU...!
WIE JUNG DA ALLE NOCH SIND!
HÄ...? DIE JUGENDLICHE ENERGIE IST ABER GEBLIEBEN!
BIST DAS HIER DU MIT DEN ABSOLVENTEN?
ZUZUZU
JA.

MINAMI UND AKIZAWA...
DER SCHWARZHAARIGE SIEHT AUS WIE EIN MÄDCHEN.
JA, DAS IST MINAMI...
DER WAR EIN NOCH ÜBLERER TYP ALS ICH... ♥
HÄ...? NOCH ÜBLER...?!
WENN ICH ES DOCH SAGE!
GUT. DAS HIER NEHME ICH. DEN REST ERLEDIGST DU, OKAY? ♪
WAS...?! DAS GANZE ZEUG?!
ALLES, WAS SCHWERER ALS ITOME IST, KANN ICH NICHT TRAGEN!
ICH SCHLEPPE OHNEHIN BEREITS GENUG!
UM DIE NOCH NICHT GEPACKTEN SACHEN MUSST DU DICH NICHT KÜMMERN! FROHES SCHAFFEN!
Hau ruck!
HÄÄÄH ...?

OH MANN ...!
HM...?
DA IST EIN FOTO RAUSGE-FALLEN...
IN WELCHES ALBUM DAS WOHL GEHÖRT ...?
ICH SOLLTE ES WIEDER REINSTE-CKEN...
ZUPP
WIE...? DAS SIND JA...
... AKEMI...
... UND MINAMI ...
HEY, TONO!
IIIRK
BAAAMM
TA-TA-TA-TA-TA-TA-TA-TA-
TAMURA!!
WAS TRÖDELST DU HIER RUM?! AKEMI HAT MICH DAZU VERDON-NERT, DIR ZU HELFEN! ECHT NERVIG!
HÄ?! DA-DANKE ...

DIESE HITZE HIER...! HALT DAS MAL!
UAH!
FLAFF
HE... HEPP! LOS GEHT'S!
FOLGE MIR!
HEY... ICH HELFE DIR TRAGEN...!
TAPPA
TAPPA
TAPPA
TAPPA
HÄ? NICHT NÖTIG...
ACH, SIND DEINE VERLETZUNGEN SCHON GEHEILT?
!
JA, ALLES WIEDER OKAY.
DANKE DER NACHFRAGE ...
HM...?
ACH...
ICH HABE NICHT AUS SORGE GEFRAGT, NUR DAMIT DU DAS NICHT MISSVERSTEHST...
NEIN, NEIN...
GLAUB MIR!

HAAAAH.
ICH KANN NICHT MEHR...! AUS! AUS! AUS! AUS!
SHIKATANI, ES IST ABER NOCH DAS SOFA ÜBRIG!
DAS SCHAFFEN WIR!
UM DAS SOFA SOLL SICH YURI KÜMMERN!
DA FÄLLT MIR EIN... MIST! ICH HATTE GESTERN KEINEN SEX!
ZIWITT
ZIWIWIWI
ZIWIIIII
ZIWITT
ZIWIIII
UND VORGESTERN AUCH NICHT...
UND VORVORGESTERN AUCH NICHT!!
ZIWIIIII
DAS MACHT DREI TAGE!
Grm Grm
Ziii
ZIWIIIII
ZIWITT
MEIN HINTERN WIRD SICH NOCH GANZ SCHLIESSEN!
ZIWIIIII
ZIWIWIWI
WÄRE SCHLIMMER, WENN ER ES NICHT TÄTE!
WEISST DU, KASHIMA... DU HAST NICHT GENUG SEXDRIVE...
LEUTE WIE TONO BRAUCHEN KERLE, BEI DENEN DAS BLUT IN WALLUNG IST...!
JA, WERDE MIR MÜHE GEBEN ...
SHIKACHAN...
KOMM MAL KURZ HER...!
HM? GUT.
KASHIMA, MACH ERST MAL PAUSE!
WIRKLICH...?

ZIWIIIII
ZIWIIIII
ZIWIWIWI
ZIWIIIII
WIIIII
ZIWIIIII
ZIWIIIII
WARUM...
... HAT ER GEFRAGT...
SEIT ER DIESE FRAGE GESTELLT HAT...
... DENKE ICH STÄNDIG NACH...
KRICK
KRICK
KRICK
KRICK

NUN IST ES WIEDER TRO-CKEN!
ES KANN NACH PLAN WEITER GEHEN! ♪
KRICK パチ
KRICK パチ
KA-SHIMA! KOMM DOCH NACH VORN!
SORRY, ABER ICH MÖCHTE MICH HIER ETWAS AUSRUHEN.
KRICK パチ
OKAY, DANN BRINGE ICH DIR WAS ZU TRIN-KEN.
DANKE!
KRICK パチ
...
パチ… KRICK
KRICK パチ!
WIESO HABE ICH MICH IN TONO VER-LIEBT...?
WAS IST DER GRUND ...?
KRICK パチ!
KRICK パチ!
ANFANGS WOLLTE ICH MICH MIT IHM ANFREUNDEN, WEIL WIR IM SELBEN KLUB WAREN...
KRICK パチ
WIR WAREN GANZ NORMALE FREUNDE...
ER WIRKTE EIN WENIG SCHÜCH-TERN...
DOCH ICH WOLLTE MIT IHM ZUSAM-MEN EINE GUTE ZEIT HABEN...
KRICK パチパチ KRICK

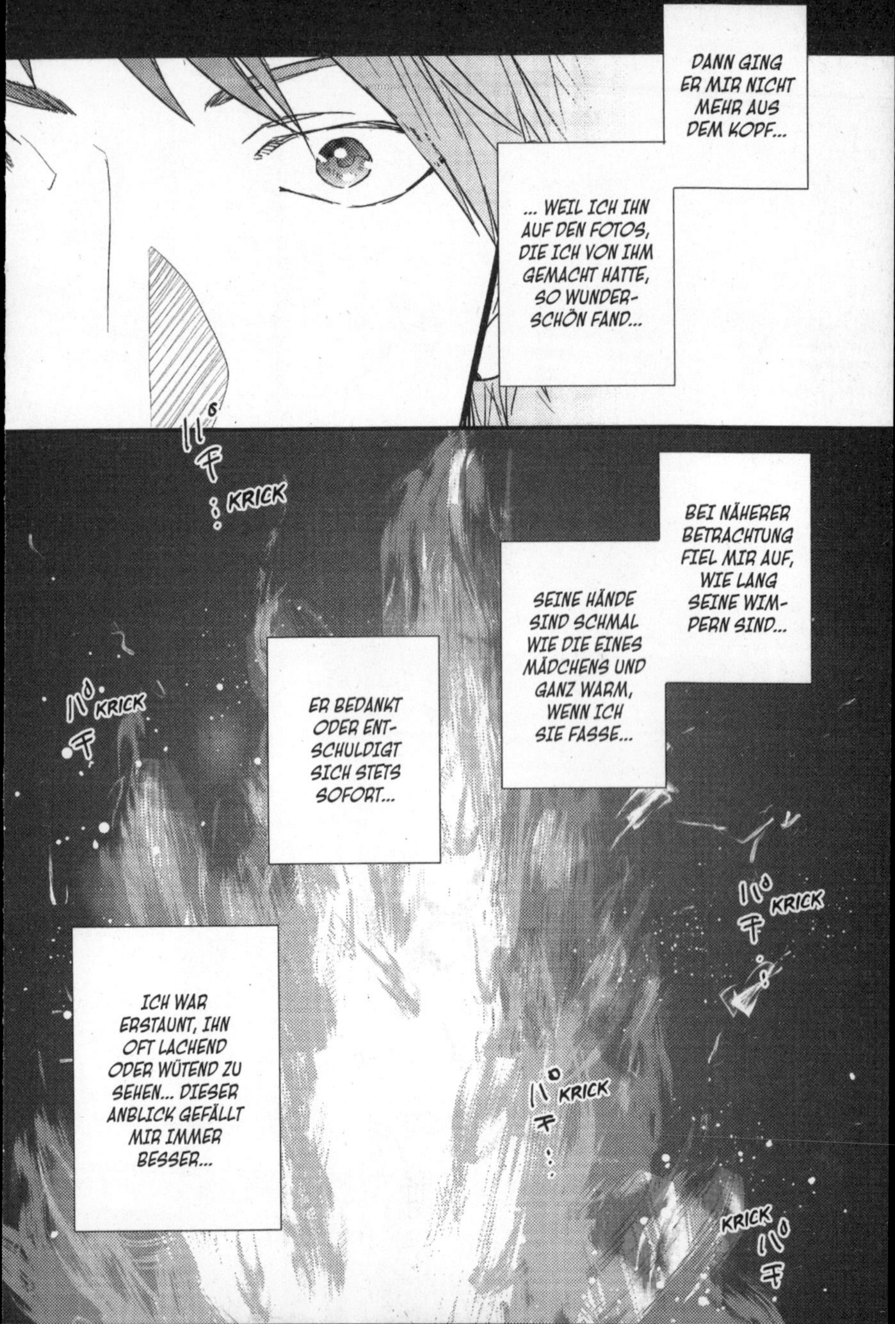

DANN GING ER MIR NICHT MEHR AUS DEM KOPF...
... WEIL ICH IHN AUF DEN FOTOS, DIE ICH VON IHM GEMACHT HATTE, SO WUNDER-SCHÖN FAND...
KRICK
BEI NÄHERER BETRACHTUNG FIEL MIR AUF, WIE LANG SEINE WIM-PERN SIND...
SEINE HÄNDE SIND SCHMAL WIE DIE EINES MÄDCHENS UND GANZ WARM, WENN ICH SIE FASSE...
ER BEDANKT ODER ENT-SCHULDIGT SICH STETS SOFORT...
KRICK
KRICK
ICH WAR ERSTAUNT, IHN OFT LACHEND ODER WÜTEND ZU SEHEN... DIESER ANBLICK GEFÄLLT MIR IMMER BESSER...
KRICK
KRICK

ICH MERKTE, DASS IHN DIE KLEINSTEN DINGE GLÜCKLICH...
... ODER TRAURIG MACHEN KÖNNEN...
WENN ICH IHN HALTE UND SEINE SCHMALEN HÜFTEN DABEI BEBEN...
... FINDE ICH DAS OFT UNWIDERSTEHLICH...
DA GIBT ES SO VIELES...

ACH, NA KLAR...
ICH BIN...
OKAAAAY ...!
DER UMZUG IST ERLEDIGT! ♥

Ziemlich eng hier...! ❤
Ist das dort ein Marder...?
Wah...!
Habt ihr ernsthaft eines der Sofas entsorgt?!
Ist ja weitab vom Schuss ...
Sollen wir gleich mal die blaue Plane auf den Boden legen?
Shikatani, hast du wieder schlimme Sachen im Kopf?
GARA
Bleibt nur noch der Betreuer-Check!
Hä? Betreuer...?
Wir haben einen Betreuer?!!
Ja, aber er betreut auch einen Sportklub und ist meist dort.
Zu uns kommt er nur, wenn es einen Anlass dazu gibt.
Welchen Sportklub betreut er?
Ich glaube, den Basketballklub...
Hä...? Den Basketballklub...?
GARA
Seid ihr fertig mit dem Umzug?

KON-CHAN?!
OH!
IHR BEIDE SEID ALSO IM FOTO-KLUB!?
KO-KO-KON-CHAN... SAG BLOSS, DU BIST...
Zuzuzuzu
Coa-ching gefäl-lig?
He-he-he!
BITCH BOY ☆ SENSEI
HEY, IHR IDIO-TEN...
ICH WURDE HIER BETREUER, ALS DAS NOCH EIN NORMALER FOTOGRA-FIEKLUB WAR!
Haaah...
Waaah...
ICH BIN IN EILE!
DARUM NUR EIN KURZER CHECK!
Gna
AH ...!
TAMURA! YURI! EURE KLIMPERN-DEN PIER-CINGS...
WIE OFT MUSS ICH ES NOCH SAGEN?! HEY, NICHT EINPENNEN, YURI!
Gna
Gna
Gna
ZZZ
ZZZ
SLEEP
ACH, SORRY, ABER... KON-NO-SENSEI, DASS SIE SO WAS SAGEN...
GNIII
KISAWA-SAN HAT SEINER SCHUL-ZEIT...
EURE PIER-CINGS SIND ECHT COOL!
ZZZ
ZZZ
OKAY! DAS WÄR'S ...!
WUIT
TAPP
?!

WAS WAR DAS DENN... WARUM DE PLÖTZLICH ABGANG ...?
WEIL ICH KONNOS WUNDEN PUNKT GETROFFEN HABE!
DA IHR NUN AUCH BITCH BOYS SEID, VERRATE ICH EUCH WAS BESONDERES!
ZZZ
ZZZ
SIND WIR NICHT, ABER...
GNIII
KONNO HAT MIT DEM EHEMALIGEN SCHÜLER AKISAWA EINE HEIMLICHE BEZIEHUNG...
ZZZ
SLEEP
... SEIT DIESER HIER IN DER DRITTEN KLASSE WAR! ♥
ZZZ
WAAAAAS...?! IM ERNST?!
UND DAS LÄUFT NOCH?!
UND OB...! ♥ TYPISCH FÜR UNSEREN BETREUER...
WAHAHAHA!
HEY, TAMU-KUN! WENN DU DAS AN DIE GROSSE GLOCKE HÄNGST, WIRD AKISAWA SAUER SEIN.
ACH, DAS ERFÄHRT ER SCHON NICHT!
DAS WOLLTE ICH ECH NICHT WISSEN ...!
WANN IMMER KON-CHAN MICH AB JETZT ZURECHTWEIST, WERDE ICH MIR...
GNA GNA GNA
GNA GNA
REDE DU NUR! DU HATTEST WAS MIT EINEM SCHÜLER!
... DENKEN...
Waaah...
Echt jetzt...?
ICH SAGE IHM DAS JEDES MAL INS GESICHT. KEINE SORGE!
ARMER KON-CHAN...!

...
...
WAS IST...?!
GLAAA
DAS IST UNANGENEHM! DU STARRST MICH AN! LASS DAS! WAS SOLL DAS?!
ÄHM ...
J-JA?!
GESTERN IM KRANKENZIMMER...
... HAB ICH DIR GESAGT, DASS ICH DICH MAG, NICHT WAHR?
ÄH...
JA...
ER IST SO DIREKT!

ÄH, WAS DAS ANGEHT. VIELLEICHT BIST DU IN MANCHEN DINGEN ETWA ABGE-STUMPFT...
DURCH DIESE JUN-GENSCHULE, IN DER ES KEINE MÄD-CHEN ZUM KÜSSEN GIBT...
ES HAT MICH GLÜCKLICH GEMACHT, WEIL DU ES WARST.
!
DA KAM EBEN EIN WENIG SPAN-NUNG AUF UND ...
HEY! DAS SOLLTEN WIR ECHT NICHT HIER BESPRE-CHEN!
MIR WÄRE ABER NICHT JEDER RECHT GEWE-SEN!
GRAPP
WAH!
WO WILLST DU HIN?
...
ICH HABE NACHGE-DACHT...
DARÜBER, WANN, WO UND WIESO ICH MICH IN DICH VERLIEBT HABE...
ICH HABE ÜBER SO EINIGES NACHGE-DACHT...

ICH ...
... BIN JEDOCH ZU KEINEM ERGEBNIS GEKOMMEN!
HÄ?
GARA
VIELLEICHT HABE ICH MICH GLEICH BEI UNSERER ERSTEN BEGEGNUNG VERLIEBT!
UND VIELLEICHT IST ES, WIE DU MEINTEST, DASS ES MIR DURCH DEN KUSS ERSTMALS BEWUSST WURDE...
ABER WENN MAN STETS DEN GRUND WÜSSTE, WARUM MAN SICH VERLIEBT...
... DANN GÄBE ES IN DER LIEBE WOHL NIE PROBLEME ...

DIESE STÄNDIGE FRAGE NACH DEM WARUM...
SOLL DAS HEISSEN, MAN DARF SICH NICHT VERLIEBEN, WENN MAN DEN GRUND NICHT WEISS...?
SAAA
LIEBE LÄSST SICH EBEN NICHT SO GENAU ERKLÄREN.
AUSSER-DEM...
... SIND ERKLÄRUN-GEN DABEI UNWICHTIG.

WARUM ICH MICH IN DICH VERLIEBT HABE, KANN ICH DIR NICHT ERKLÄ-REN...
DOCH ICH KANN DIR UNZÄH-LIGE DINGE AUFZÄHLEN, DIE ICH AN DIR MAG.
HÖR ZU...

ZUNÄCHST MAL...
NICHT NÖTIG!!
WAS...? WIESO?! HÖR MIR DOCH ZU!
DU MUSST SIE MIR NICHT AUFZÄHLEN!! SCHON GUT!!
ÄHM ...
ICH HABE ES KAPIERT!
ICH LIEBE DICH WIRKLICH WAHNSINNIG!
I-ICH WEISS ...! SCHON GUT!
A-ABER...
SORRY! EINE BEZIEHUNG ZWISCHEN UNS IST UNMÖGLICH!
ICH VERSTEHE VON ALL DEM NICHT VIEL...
WOVON VERSTEHST DU NICHT VIEL?
ぎゅっ
GRAPP
Irks
HÄ...?
NA JA... VO-VON LIEBE...
UAAAH ...!
... UND SO...

MAGST DU ES NICHT? DASS ICH DICH LIEBE...?
WIE...?! NEIN, DAS...
... HAT MIT MÖGEN NICHTS ZU TUN...
SWIFF
ABER...
AH...
ICH WAR NOCH NIE MIT JE-MANDEM ZUSAM-MEN...
ÄHM...
... ALSO ...
NOCH DAZU BIST DU EIN MANN...
GNÜÜÜ

ICH... WERDE MEIN BESTES GEBEN ...

HM?
Bibber
ÄHM... ALSO...
DA-DARF ICH... UM EINES BITTEN...?
Bibber
K-K...
K-K-K...
K-K?
K-K-K?
KÜSS MICH NICHT, SOLANGE WIR NICHT ZUSAMMEN SIND!!
AH, SORRY ...
DOCH NUN GEHÖRT MIR AUCH DEIN ZWEI-TER KUSS!
HALT DIE KLAPPE!
Shikatani
GIEK
PAMM
AAAH!
NGH!
HA...
GIEK
Rubs
Rubs
PAMM
AH!
PAMM

AAAH!
PATSCH
AH!
PAMM
NGH!
PATSCH
PAMM
ZUCK
FUUUH...
PAMM
HAPP
PATSCH
PAMM
FUUUH...
NGAH...
AAAH...!
WOPPA
WOPPA
ICH KOMME... ICH KOMME...
HA... HA...
SLUUU
HA...
AH!
KISS
KISS
ZUCK
ZUCK
AH...
HA...
HA...
AH...
HA...
HEY, DER BH STÖRT...
HA...
HA...
DARF ICH IHN DIR AUSZIEHEN?
NEIN...
HA...
BIBBER

BLA
HAAAH... GESCHAFFT! GESCHAFFT! BIN FIX UND FERTIG...
ABER NUN MUSS ICH DAS LAKEN WECHSELN! GENAU DESHALB MACHE ICH ES NICHT GERN IN MEINEM ZIMMER!
ES NERVT, WIE DU DANACH GLEICH LOS-SCHNAT-TERST...
BLA
...
NGH ...
SLOMP
HEY!
RUN-TER VON MIR!
ZABBA
HEY, NICHT DEN BH AUSZIE-HEN!
AH...! RUNTER, HAB ICH GESAGT!
ZABBA
WIESO ...?
IDIOT!
DU BIST ZU SCHWER!
ICH WILL JETZT DU-SCHEN UND DAS LAKEN WECHSELN!
DAS KANNST DU SPÄTER...
BLEIB EINFACH NOCH EIN WENIG SO...
RUBS
RUBS
DAS HIER IST NICHT MEIN DING!
NUR WEIL ICH ÄLTER BIN, DENKT DER KERL, ER KÖNNTE DEN VERWÖHNTEN BENGEL SPIELEN ...

HEY! RUNTER JETZT! DENK NICHT, DU KÖNNTEST MICH UM DEN FINGER WICKELN!
SHIKATANI-SENPAI, ICH HAB HUNGER!
GIEK
ICH LASSE MICH VON DIR NICHT RUMKOMMANDIEREN!
SHIKATANI-SENPAAAAI ...
HA... JA, JA, SCHON GUT! BRÖTCHEN, OKAY?
ZIEH DIR WAS AN, WÄHREND ICH EINKAUFEN BIN!
ZASA
ZASA
ZASA
GUT, DANKE!
HM...? WAS IST DAS?
SCHREIBST DU ETWA BRIEFE, SHIKATANI-SENPAI? FINDE ICH WITZIG!

NEIN, TUE ICH NICHT!
Come to where the Bitch Boys are
BYE-BYE, KLUBRAUM!

KAPITEL 14
LIEBESEXPERTEN
COME TO WHERE THE BITCH BOYS ARE

WUIT
ポタ
DRIPP
ポタ
DRIPP
ポ
A DRIPP

ゴシッ
SWIFF
TSS...

Guten Morgen ...!
Morgen ...!
HAB AM FREIEN TAG ZU VIEL GEPENNT... BIN TOTAL MÜDE...
ACH...
AH!
WUPP
WAH! MIST!
MORGEN ...!
MORGEN ...
SPRICH MICH NICHT EINFACH SO AN!
ICH MUSS DOCH WAS SAGEN, WENN ICH DICH TREFFE!
DU NERVST ...

BIST JA DOCH GANZ DU SELBST.. MIR GEGEN ÜBER...
UND WENN ...!
GEHT ES DEI-NEM BEIN WIEDER GUT?
JA, ALLES IN ORD-NUNG...
JA?
HA... GOTT SEI DANK...!
MORGEN ...!
YA-CHAN! TONO! LANGE NICHT GESEHEN!
MORGEN ...!
... MORGEN ...
TONO... WAS HABEN WIR GLEICH IN DER ERSTEN STUNDE?
MATHE, GLAUBE ICH.
HÄ...?!
DA PEN-NE ICH SICHER EIN!
MACH DAS BLOSS NICHT!

YA-CHAN, HAST DU DIE HAUSAUFGABEN GEMACHT?
WUPP
WAS...?
NEIN, HAB ICH NICHT...
BÖSER JUNGE...
Hahaha!
ES HAT SICH NICHTS GEÄNDERT...
DABEI WAR ICH MIR SICHER, ES WÜRDE SICH ETWAS VERÄNDERN...
ER MAG MICH...
... KEIN BISSCHEN WENIGER...
...
YA-CHAN?
WUUU
WUUU
NEIN! NEIN! NEIN!
WUUU
ACH, NICHTS ...! ♪
WENN ICH SO WEITERMACHE, HAB ICH GEGEN YU KEINE CHANCE!

DIIING
DOOONG
DAAANG
HAAAH... ENDLICH MITTAGESSEN!
HAB IRREN HUNGER!
BLA
BLA
BLA
TONO? WO WILLST DU HIN?
IN DIE SCHULKANTINE. SOLL ICH DIR WAS MITBRINGEN?
NEIN, ABER ...
YA-CHAN, DU HAST DOCH HEUTE EIN MEETING, RICHTIG?
JA...
WAS IST DAS FÜR EIN PORTEMONNAIE ...?
DABEI ...
... HÄTTEN WIR NACH DEM MEETING ZUSAMMEN WAS ESSEN KÖNNEN...
...
GRM
YA-CHAN, LASS UNS IN DEN KLUBRAUM GEHEN!
O... OKAY...

UH...
WAAAAAH ...!
WAS SOLL ICH NUR TUN?!
EIN ECHTES GLÜCK, DASS WIR NICHT IN DERSELBEN KLASSE SIND!
ABER LEIDER IM SELBEN KLUB! HACH, VERDAMMT ...!
ICH KANN EINFACH NICHT NORMAL MIT IHM REDEN ...
DA FÄLLT MIR EIN...

AUS DER NÄHE BETRACHTET SIEHT MAN BEI KASHIMA GANZ HELLE SOMMERSPROSSEN...
DAS WAR MIR VORHER NIE AUFGEFALLEN...
AH! DER ERSTKLÄSSLER VOM FOTOKLUB!
HEY, HEY! DAS TUT DOCH NUN WIRKLICH NICHTS ZUR SACHE!
HÄ?
DAS WAR'S FÜR HEUTE ...!
YA-CHAN, GEHST DU JETZT IN DIE KANTINE?
ACH, NEIN...
ICH HAB WAS ZU ERLEDIGEN.

GEHT IHR SCHON MAL WAS ESSEN!
ALLES KLAR. GUT...
MAN SIEHT SICH!
ICH FRAGE MICH ...
... WO ER IMMER ISST, WENN ICH NICHT DA BIN...
IM KLASSEN-ZIMMER OFFEN-BAR NIE ...
ER WIRD DOCH NICHT ETWA MIT YU ESSEN...?
HM?
WAS IST DAS? DA LIEGT ETWAS AUF DEM BODEN...
HAT DAS JEMAND VERLOREN ...?
AH...

DIESES UNMÖGLI-CHE PORTE-MONNAIE...
PAMM
UAH!
AH! ÄHM...
ERIN-NERST DU DICH NICHT?
VOR EINER WEILE WOLLTEN WIR ES TUN UND WURDEN GE-STÖRT!
HÄ?!
NO
AKEMI SAGTE, ICH SOLLE DIE FINGER VON DIR LASSEN, ABER...
... DU BIST EINFACH TOTAL MEIN TYP!
AH...!
IST DAS NICHT DER KERL, DEN KASHIMA GETRETEN HAT...?

HEY?!
ZAPP
ZIPP
WAS...? ÄH... LA-LASS DAS ...
MA-MACH BITTE... DIE HOSE ZU...
DU HAST ES NOCH MIT KEINEM GETAN, RICHTIG?
HAST DU NICHT, ODER?
NEI-NEIN... DAS IST ...
IM ERNST?! DANKE!
UAH!
GRAPP
HÄÄÄH...?!
WOFÜR DIESES „DANKE"...?
MIST! MEINE STIM-ME VERSAGT KOMPLETT!
WIESO KRIEGE ICH IN SOLCHEN SITUATIONEN NIE EINEN TON RAUS?!
GNNN
WAS SOLL ICH NUR TUN...?
KA...

WOSCH
UGH!
NGH...
HAAAAH...
...
KOMM, DU IDIOT!
HAAAAH...
HAAAAH...
GRAPP

HÄ?!
YA-CHAN?!
HA...
HA...
HA...
HA...
YA-YA-YA-CHAN, WOHER WUSSTEST DU...
BIBBER BIBBER
HIER! DAS HAST DU VERLOREN!
DA WAR MIR KLAR, DASS IRGENDWAS PASSIERT SEIN MUSSTE!
ZOCK
AH...
VERSTEHE... SORRY...

HA...
ALS ICH DAS DING FAND...
... WOLLTE BLOSS FREU LICH ZU HI KOMMEN.
... UND MIR EINEN PUNKTE-VORSPRUNG GEGEN YU HOLEN...
ICH WOLLTE HELFEN, INDEM ICH SANFT DAZWISCHEN-GEHE...
DAS HATTE ICH VOR...
DAS HATTE ICH VOR...
... ABER DANN...
HEY...!
WIESO HAST DU EINFACH NUR STILL DAGESTAN-DEN?!

JA, DU HAST RECHT ...
DU SOLLTEST DICH WEHREN, DU IDIOT!
WAS WÄRE PASSIERT, WENN ICH NICHT GEKOMMEN WÄRE?!
ABER ...
KEIN VERDAMMTES ABER!
ÄHM ...
HÄ?
AS?!
ALSO ...
... VIELLEICHT WAR ES...
... MEINE ANGST...
HÄ?

SORRY...
ABER VIELEN DANK...
WI- WILLST DU...
... DASS ICH...
... DICH BESCHÜT- ZE?

WAS ...?
WIR SIND SEIT EINEM JAHR IM SELBEN KLUB... UND WIR SIND IN DERSELBEN KLASSE...
ACH, NICHT NÖTIG ...
HUFF
!!
ICH HÄTTE EIN SCHLECHTES GEWISSEN ...
AUSSERDEM GAB ES IN LETZTER ZEIT KEINE SOLCHEN ATTACKEN ...
GERADE EBEN GAB ES DOCH EINE...!!
JA, ABER ERST NACH LANGER ZEIT MAL WIEDER. DARUM DER SCHOCK...
GRMMM
WAS SOLL DAS?! ICH HAB DIR ANGEBOTEN, DICH ZU BESCHÜTZEN!!
DIE ANTWORT SOLLTE LAUTEN: „JA, ICH BITTE DARUM!"
Waaaah!
HÄ...?!
LOS, SAG ES! KOMM ENDLICH!!

GUT...
JA, ICH BITTE DARUM ...
TSS...
OKAY!
GRM
PFAHA!
ICH WERDE AUS DIR NICHT GANZ SCHLAU, YA-CHAN...

UND...?
HAST DU... SCHON GEGES-SEN...?
NEIN?
NEIN, NOCH NICHT.
UND DU? HAST DU DIR EIN BRÖTCHEN GEKAUFT?
AH, DAFÜR HABE ICH MEHR BE-SORGT.
WELCHES WILLST DU?
DAS MIT CURRY...
HIER!
„PFAHA“...
NOM
NOM
ER HAT...
... GELACHT!
WAS SOLLTE DAS...?!
WAS SOLL-TE DIESER LACHER...?!
TUBS

YA-CHAN?!
DEIN BRÖTCHEN HAT DEN MUND VERFEHLT...
HÄ?
PFAHA...
HÄ?
DIIING
OKAY, SCHLUSS FÜR HEUTE...!
DOOONG
DAAANG
DANKE, JUNGS!
DOOONG
...
SEIT HEUTE MITTAG IST YA-CHAN IRGENDWIE SELTSAM...
GLAAA
GEHT ES IHM GUT?
GARA
HAB ICH IRGENDWAS GETAN...?
TONO...!
!
LASS UNS IN DEN KLUB GEHEN!

GE-GEH DU SCHON MAL VOR ...
WIE...? LASS UNS GEMEINSAM GEHEN!
AH, KYOSUKE! HALLO...!
Hä?
ÄH... HA-HALLO...
YA-CHAN...
LOS, TONO! GEHEN WIR!
AH!
HEY...!
ES GIBT EINE ABKÜRZUNG ZUM NEUEN KLUBRAUM!
ZOCK
ZOCK
YA-CHAN! AB ZUM TRAI-NING!
HEY!
ZIEH MICH NICHT SO, KA-SHIMA!

AH, SORRY! HAB ICH DIR WEH-GETAN?
NEI-NEIN, ABER ...
GUT!
ICH WOLLTE EINFACH HÄNDCHEN HALTEN!
...
LASS LOS...
...
ICH WILL NICHT LOS-LASSEN.
HÄ?!
GNÜÜÜ
HÄ?!
WIESO NICHT?! LASS LOS, HAB ICH GESAGT! HM...?
GNNN

JIMI ...?!
JIMI LIEGT DA AM BODEN!
STIMMT! IST ER OKAY?!
TUT MIR LEID...
DANKE, DASS IHR GEHOLFEN HABT...
ふき SWIFF
ふきー SWIFF
IST DOCH KLAR!
WAS IST LOS...?
IST ETWAS PAS-SIERT?
YURI IST GERANNT UND ICH IHM HINTERHER, ABER...
... ER WAR SO SCHNELL... ICH WOLLTE IHN EINHOLEN, DOCH DANN HAT MICH DIE KRAFT VERLAS-SEN...
DER ÜBLICHE GRUND...
Hahaha!
WARUM WOLLTEST DU IHM UNBEDINGT HINTERHER?
ÄHM... NA JA...
ICH WOLLTE WISSEN...
... AUF WELCHEN TYP ER STEHT...

„AUF WELCHEN TYP ER STEHT"?!
ICH DENKE, ER HAT GAR KEINEN...
FRAGEN WÜRDE AUCH NICHTS NÜTZEN, DU KAPIERTEST KEIN WORT ...
DOCH... ICH WILL ES WIS-SEN...
AH...!
WAS IST?
ICH KENNE JEMANDEN, DER ES VIELLEICHT WEISS!
WAS ...?
WOHER SOLL ICH DAS WIS-SEN?
HÄÄA ...?!
INTERES-SIERT MICH AUCH NICHT!
WENN NICHT MAL TAMU ES WEISS, IST ES HOFFNUNGS-LOS...
DU WEISST ES NICHT, OBWOHL IHR STÄNDIG SEX HABT?
KLAPPE, JIMI! SONST BIST DU DRAN!

GNIII
ABER... NA JA, VIEL-LEICHT...
... NUR EIN PAAR HANDGRIF-FE UND ES KÖNNTE PASSEN...
!
Was...?
FERTIG!
ÄHM...
HEHEHE ...
ALSO, ICH WEISS NICHT RECHT...

BZZZ
BZZZ
SO BIN ICH NACH YURIS GESCHMACK!
BZZZ
ICH MÖCHTE IHN SOFORT TREFFEN!
BZZZ
ICH HAB DA IRGENDWIE KEIN GUTES GEFÜHL...
UNSINN!
HEY, DEIN BLICK IST GANZ IRRE!
NA DANN...! BIST DU STARTKLAR?
HM...
Ahaha!
BZZZ
BZZZ
BZZZ
UND...? WAS HÄLTST DU DAVON, YURI?
SLURP

BZZZ
SO WAS GEFÄLLT DIR DOCH, ODER?
BZZZ
WAHA-HAHA-HAHAHA-HA!
Ngah!
OH...
BAAAMM
!!
ER FIN-DET ES WITZIG!
MAG ER ES?!
BZZZ
BZZZ
HA-PIPI-PIPI!
NITO-TOTO!
WUIT
WUIT
SOLL DAS EIN LACHEN SEIN?! WAS BE-DEUTET DAS?
S-SO EIN GLÜCK ...!
YURI FREUT SICH ...!
BZZZ
NITOTO ...
BZZZ

BZZZ
YURI HAT MIR EIN LACHEN GE-SCHENKT...
BZZZ
BZZZ
BZZZZZZZ
BZZZZT

TADAAAMM
HÄ?!
FLAFF
WA...
YU-YURI?!
ZICK
HÄ?!
PUH!
YURI SCHNEIDET JIMI DIE HAARE!?
WOHER HATTE ER PLÖTZLICH DIE SCHE-RE...?
WILL ER AUS JIMI SEINEN TYP MACHEN...?!
ZICK
ZICK
ZICKA
ZICK
ZICK
ZICK
ZICK
ZICK

モサァ
WUUU
DU HAST GANZ SCHÖN VIEL ABGESCHNITTEN!
DA KOMMEN PLÖTZLICH HAARE ANGEWEHT!
WOHER ...?!
KYUNYAAAN!
WAS IST DAS FÜR EIN ZAUBER?
ギャー
WAAAH!
KASHIMA, HALT IHN AUF!... UAH!
HEY! WOHIN IST MEIN SPIELZEUG VERSCHWUNDEN?!
ÄHM... YURI, ICH WOLLTE...
WAAAH!
ギャァ
HEY, YURI! MACH DAS WIEDER SO, WIE ES VORHER WAR!
ICH WOLLTE DEIN TYP SEIN...
ギャァ
WAAAH!
AHAHA...
HÖR AUF! ICH WERDE GLEICH SAUER!
ギャァ
WAAA
HÖR AUF! BITTE!!
TAMU, ICH SAGTE JA, DAS GEHT NICHT GUT!
WAAAH!
ギャァ

DU BIST IMMER COOL!
KISS
YURI!! WEG DAMIT!
BITTE WEG DAMIT!
GAAA
HÄ?!
FLUUU

WIEDER NASEN-BLUTEN?!
WARUM NUR?! ALLES OKAY?
YURI, KOMM WIEDER RUNTER!
DAS SPIEL-ZEUG IST WEG!
AH!
HIER SEID IHR ALSO!
DER BOSS...!
KON-CHAN LÄDT UNS ALLE ZUR FEIER DES UMZUGS AUF EIS IN DER KANTINE EIN!
WAH!
SUPER!!
WOW!
KASHIMA, MAGST DU EIS?
!
JA, SEHR!

DU HAST TONO DEINE LIEBE GESTANDEN!?
WAS ...?
ACH...
JA, HAB ICH!
VERSTEHE... DU HAST MEINE VOLLE UNTERSTÜTZUNG...
DANKE! ICH WERDE UM IHN KÄMPFEN!
HEHE, ECHT DER WAHNSINN ...!
ICH HÄTTE MICH IHM GERN AUF ANGENEHMERE WEISE GENÄHERT, ABER ES IST SO SCHWIERIG ...
VIELLEICHT FEHLT MIR DIE BEHERRSCHUNG...
ICH VERSTEHE DAS.
HÄ?

WENN ICH...
... ETWAS BEGEHRE, KANN ICH MICH AUCH NICHT BE-HERRSCHEN ...
WIE...? IM ERNST? HÄTTE ICH NICHT GEDACHT ...
NEIN?
MAN GEHT DANN EINFACH ZU HEFTIG RAN, WAS?
JA...

WAS ...?
WILL SHIKATANI-SENPAI KEIN EIS?
ER MEINTE, ES SEI SEXTIME ...
...
TONO, WÄRE SCHÖN, WENN AUCH DEINE SEXTIME BALD KÄME, WAS?
ACH, MUSS NICHT SEIN.
ICH WERDE ...
... SHIKATANI-SENPAI TROTZDEM EIN EIS MITBRINGEN.
WIE NETT DU ZU IHM BIST...! BIN GANZ NEIDISCH ...
BIST DU ZU MIR AUCH NETT...?
JA, JA...
HEY...
ER IST WOHL MIT MATSUMURA IM MATERIALRAUM ...
SIE SOLLTEN BEREITS FERTIG SEIN...
A-ACH ...

SCHNELL ZUM MATERIAL-RAUM...
... BEVOR DAS EIS SCHMILZT ...
MO-MOMENT MAL...! WAS, WENN SIE DOCH NOCH NICHT FERTIG SIND...?
ICH KANN SIE DOCH NICHT STÖ-REN...
ICH HÄTTE DAS EIS EINFACH IN DEN KLUBRAUM BRINGEN SOLLEN.
WUPP
GARA
AH...
DRIPP

SHIKATANI-SENPAI! DU BIST VERLETZT!
ACH... BIN HINGEFALLEN...
UND DAVON IN SO EINEM ÜBLEN ZUSTAND?!
TAPP
BIN AUF EINEN TISCH GEKNALLT.
MEINE NASE FÜHLT SICH HEISS AN. BLUTET SIE STARK?
MGH ...
JA, ZIEMLICH...
WO IST MATSUMURA-SENSEI?
DER IST SCHON GEGANGEN.
IM ERNST?
DOCH WAS WOLLTEST DU EIGENTLICH HIER?
AH ...
RICHTIG...
HIER, DEIN EIS...
KONCHAN HAT ES SPENDIERT...
HÄTTE ES GERN SELBST AUSGESUCHT...

ÄHM... WOLLEN WIR NUN ZUR KRANKEN-STATION?
HÄ...? MIR GEHT'S GUT!
DU ÜBER-TREIBST! AUSSERDEM BLUTE ICH NICHT MEHR.
ABER ...
... DANKE FÜR DAS EIS...
...
KLACK
HM...

Come to where the Bitch Boys are

LIEBESEXPERTEN

KAPITEL 15
BABU-HEAVEN
COME TO WHERE THE BITCH BOYS ARE

A
PUDDING
B
GRÜBEL
ぐぬぬ…
...
HMMM ...
WAS QUÄLT DICH SO?
IIIRK
WUAH!
HAAAH...! MANN, HAST DU MICH ERSCHRECKT ...!
ICH KANN MICH ZWISCHEN MENÜ A UND MENÜ B NICHT ENTSCHEIDEN.
TJA... B WÜRDE MICH EHER REIZEN ...
... ABER A WÄRE VON DER MENGE HER PERFEKT...
ACH, DIE B-PORTION SCHAFFST DU LOCKER!
F.E.F.

NA JA, DOCH DER PUDDING ZUM DESSERT...
BLA
STIMMT. ICH HÄTTE LIEBER NOCH EINE BEILAGE ANSTATT PUDDING...
BLA
JA, GENAU!
BLA
ER MAG KEINE SÜSSEN SACHEN...
AH! WENN BLOSS KASHIMA HIER WÄRE WAS?
DER LIEBT PUDDING! IHM KÖNNTEN WIR IHN GEBEN!
HÄ? ACH JA...?
DENKE SCHON, ABER...
... WUSSTEST DU NICHT, DASS ER PUDDING MAG?
HM...
NEIN, HÄTTE NICHT GEDACHT, DASS ER AUF SO WAS STEHT...
KRK
KRK
ZU HAUSE HAT ER DIE NACHSPEISEN IMMER SEINEN BRÜDERN GEGEBEN...
DER KERL ISST IM GRUNDE ALLES... DOCH DASS ER AUCH VORLIEBEN HAT...?!

ACH JA...?
BESTELLEN WIR EINFACH SCHNELL, EGAL WAS!
O-OKAY...
DDING

HEY!
SORRY, WO WAREN WIR GERADE?
WIE ICH BEREITS SAGTE... DU SOLLST HEUTE IN MEIN ZIMMER KOMMEN!
GRM
GRM
WIESO?
WE-WENN DU MICH SO FRAGST... ÄHM...
WEIL DU MIR BEIM AUFRÄUMEN HELFEN SOLLST!
HÄÄÄH...! HAST DU ETWA WIEDER ALLES ZUGEMÜLLT...?!
KLAPPE! ICH KANN EBEN NICHT ANDERS!
GRM
BIBBER
BIBBER
ICH HABE NACH DEM ESSEN NOCH EIN KLUBMEETING. KOMM DANACH ZU MIR!
HA... OKAY ...
TU NICHT, ALS WÄRE ES EINE LAST!
Gute Nacht!
Ja...!
Bis dann...!

GASCHA
AH!
UAH!
IRKS
SCHRECK, LASS NACH...! WAS IST LOS? HAST DU AUF MICH GEWARTET?
A-ACH, DU WARST MIT FREUNDEN ZUSAMMEN. DA HAB ICH MICH NICHT ZU DIR GETRAUT...
(Flüsterton)
ABER HIER, FÜR DICH! DEN HABE ICH VORHIN ÜBRIG GELASSEN...
PUDDING?
AH, DANKE! FREUT MICH. ICH HABE MEINEN HEUTE NICHT GEKRIEGT!
ÄHM...
WIESO HAST DU IHN VERSCHENKT?

...
WEIL JEMAND DARUM GEBETTELT HAT.
HÄ...? OBWOHL DU PUDDING SO MAGST?
HAHA... ICH HABE JA NUN DEINEN BEKOMMEN!
DANKE!
A-ACH...
MIR WÄRE ER OHNEHIN ZU VIEL GEWESEN...
WOLLTE IHN NICHT EINFACH ÜBRIG LASSEN...
MIST...! SO WAS MACHT MAN NORMALERWEISE FÜR EINEN LOVER...
ÄHM... SAG MAL, KASHIMA...
DU HAST DOCH MEHRERE BRÜDER, NICHT? GING SICHER RECHT LEBHAFT BEI EUCH ZU...
KANN MAN WOHL SAGEN! DA WAR TÄGLICH WAS LOS!
VERMUTLICH SIND NUN AUCH NOCH DIE KINDER MEINER SCHWESTER DA!
ACH JA?! DANN MUSS DEINE SCHWESTER UM EINIGES ÄLTER SEIN...
EIGENTLICH NICHT. BLOSS ZWEI JAHRE...
WAS...? ACH, NUR ZWEI JAHRE...
HAHA... TJA, SIE WAR FRÜH DRAN... DAS GAB AUCH EINIGEN WIRBEL...
ICH FRAGE MICH, OB SICH NUN ALLES BERUHIGT HAT...
HM, KEINE LEICHTE SITUATION, WAS?

JA, MAG SEIN. DOCH ICH HATTE SPASS!
WIE SCHÖN...! HAST DU MIT DEINEN GESCHWISTERN OFT GESTRITTEN? KANN ICH MIR ZWAR KAUM VORSTELLEN, ABER...
ICH...? NIEMALS...!
MEINE SCHWESTER MACHT MIR ALLERDINGS MANCHMAL ZU SCHAFFEN...
ÄLTERE SCHWESTERN SIND VERMUTLICH SO...
AH, RICHTIG...! ICH MUSS JETZT ZU YA-CHAN.
ALSO DANN, BIS MORGEN!
...
GRAPP
UAH!
WAS HABT IHR VOR?!
A-ACH ...
HÄ?
SORRY! GAR NICHTS!
HÄ...?

KOMM DOCH EINFAC MIT!
ICH SOLLTE NUR BEIM AUFRÄUMEN HELFEN, ABER ZWEI HELFER SIND SCHNELLER ALS EINER!
SORRY, ICH MUSS LEIDER NOCH HAUSAUFGABEN MACHEN ...
KYOSUKE WAR NIE GUT IM AUFRÄUMEN... DANN MACH SEINE BUDE MAL SAUBER!
UND ÜBER DEN PUDDING FREUE ICH MICH ECHT. DANKE!
WERDE IHN GLEICH GENÜSSLICH VERSPEISEN!
J...
JA...
TOCK
TOCK
YAGUCHI
GASCHA
YA-CHAN, ICH BIN'S...!

ゴトズ... FUUU
OH...?!
...
ICH HÄTTE EIN SCHLIMMERES CHAOS ERWARTET!
TSS ...
ぱち CLAP ぱち CLAP ぱち CLAP
TÜCHTIG, YA-CHAN...! MAN STOLPERT NICHT MEHR ÜBER ALLES!
STOLZ
HEHE...
HA...
WAR GANZ SCHÖN ANSTRENGEND... ICH BIN MÜDE...
IN MEINEM ZIMMER IST WIEDER PLATZ...!
...
WOLLEN WIR SCHLAFEN GEHEN? DU KRIEGST AUCH DIE WANDSEITE!
HÄ?!
GIEK
NEIN, NEIN, ICH GEHE, ICH GEHE...
WIE...? ICH WOLLTE DICH ZUR BELOHNUNG HIER SCHLAFEN LASSEN!
DAS LETZTE MAL WAR ES ABER SO ENG ...
ICH BESITZE EBEN KEINEN FUTON!
HABE JEDOCH EBEN EINEN GEFUNDEN...
WAS?!

DER HIER...
EIN GÄSTEFUTON ZUM AUSROLLEN...
NEIN, DAS IST EIN SANDSACK.
...
NUN SCHLAFE ICH DOCH WIEDER HIER... BIN NERVÖS ...
ABER EIGENTLICH...
DU BIST JA SO WEIT WEG!?
YA-CHAN, FÄLLST DU AUCH NICHT RUNTER?
NEIN, KEINE SORGE! SCHLAF JETZT!
WAS ...?
ICH HÄTTE BESSER GEHEN SOLLEN ...

A-ALSO DANN...
GUTE NACHT ...
JA...
DODOMM
UH...
DODOMM
DODOMM
DODOMM
DODOMM
VÖLLIG UNMÖGLICH! ICH KANN SO NICHT SCHLAFEN ...!
UH... VERDAMMT...!
DODOMM
DODOMM
DODOMM
DODOMM
DODOMM
DODOMM
DODOMM
ODOMM

AUSGERECHNET ICH KANN IN DIESER SITUATION NICHTS TUN...
HÄ?
WAS...?
NICHTS...? WAS HEISST „NICHTS"...?
YURI
ÄHM... UND AUSSERDEM ...
AUSSERDEM... AUSSERDEM... YURI-KUN...
YURI-KUN! YURI-KUN, ALSO WEISST DU...

ÄHM! NUN... ÄH...
WAAAAH!
ZRUFFF
ズルルルル…
AAAH! NICHT DOCH, YURI-KUN!!
WENN ICH DICH VOR MIR HABE, KANN ICH VOR LAUTER HERZKLOPFEN NICHT SPRECHEN ...
AAAH!
IN DEINEM BETT ZU SEIN... NICHT DARUNTER... SONDERN OBENDRAUF ...
BUUUU...!
IIIRK
ZUJIGI! ZUGICHI! ZUZUGI! ZUGIJIJI!
WAS...? E-ENTSCHULDIGE...! TUT MIR LEID...
UMPH!
GRAPP

ZU SPÄÄÄT!
♥
WAH!
AH! ÄHM...
ZOCK
ÄHM... HÄ?
GNIII
NGH...
HÄ?
ZABBA
YURI-KUN...?
ZABBA

WA... ÄH...
MEINE KLAMOTTEN... WIESO ...
!!
UMPH! ♥
HAPP
SLURP
?!!
HÄ?!
WAS PASSIERT HIER GERADE?!
MEINE GÜTE! ICH BIN MIT YURI-KUN ...
KISS
KISS
GLITT
GLITT
ICH BIN MIT YURI-KUN... MIT YURI-KUN ...
KISS
GLITT
GLITT

... ZUSAM-
MEN IM...
AAAH...!
UHO!
UHOHO!
UH...
UAH?!
ZUPPA
ぬるっ
DRIBB
ポイッ
FLOINK
NEIN...!
YURI-KUN!
GLI
UHO
...
GLITTT
NICHT!
DASS DU
SO WAS...
MIT MIR...
ICH...
YURI-
KUN...
DAS IST
DOCH...!!
OH MANN...!!

AH...! AH...!
AAAH...
AHAHAHAHA!
UH... ICH BIN SCHON GEKOMMEN. SORRY...
SORRY, ICH BIN GEKOM-MEN...!
AHAHAHAHA!
AAAAAAHAHAHAHA!!
SPLISH
SPLISH
AH... AHHHH...
YEAH! YEAH! YEAH! YEAH! ♥♥
プル
FLOPP
DRIBB
HAPPY TODAY! ♥

WAR'S GUUUT...?
J-JA...!!
VIELEN DANK!!
VIELEN DANK!
SLOPP
DA-DA-DANKE...!
YU-YURI-KUN!
WAH!
GROIN
NICHT WAHR...? ♥
DAS IST SO GEIL!
DU BIST ECHT IRRE!
PAMM
AHA!
HAHAHA!
PAMM
HA...
PAMM
HAAAH ...

AHAHAHAHA!
PAMM
GLITT
AAAAAH ...! ♥
GLITT
PAMM
SABBER
SABBER
PAMM
HAHAHAHA!
AH! ♥
GLITT
PAMM
OHA ...?!
NÜÜÜ
HAAAH... YURI-KUN...
YURI-KUN... ICH MAG DICH...
Ha! Ha!
ICH MAG DICH SEHR...
Ha!
Ha!
ICH MAG DICH...
ICH LIEBE DICH...!
YURI-KUN...

AH...!
DU ZIEHST IHN...
ZOPP
SPLATT
AH... HÄ?! WAS...
ZUCK
SPLAAAA
YU-YURI-KUN? ÄHM... WIESO HAST DU IHN RAUSGE...
SWIFF
HAPPY!
NI-NICHT DOCH, YURI-KUN! I-ICH BIN NICHT SAUBER!
YURI-KUN! I-ICH...
MMMMH...! DOS WÜRST DU GLOICH SEIN!
YU-YURI-KUN!
MOHA! MOABABU!
WIE...? AH! BABU... HE-HEY! NEI-NEIN...!
HÄ? NEIN... YURI-KUN!!
GLITT
BABUUUU ...

!!
ZUCK
MMMH...
KISS
KISS
AAAAAH...
NGH...
GLITT
GLITT
GLITT
GLITT
GLITT
GLITT
GLITT
GLITT
UH...
NGH...
AH...!
DAS TUT WEH... DASS ER MIR HIER SO WEHTUN KANN...!
YURI-KUN... YURI-KUNS FINGER...!
YURI-KUNS HÜBSCHER, SÜSSER FINGER...!!
HA!
HA...
LICK
AH...
YURI-KUN...
HM...
DAS TUT WEH! YURI-KUN, ICH LIEBE DICH!

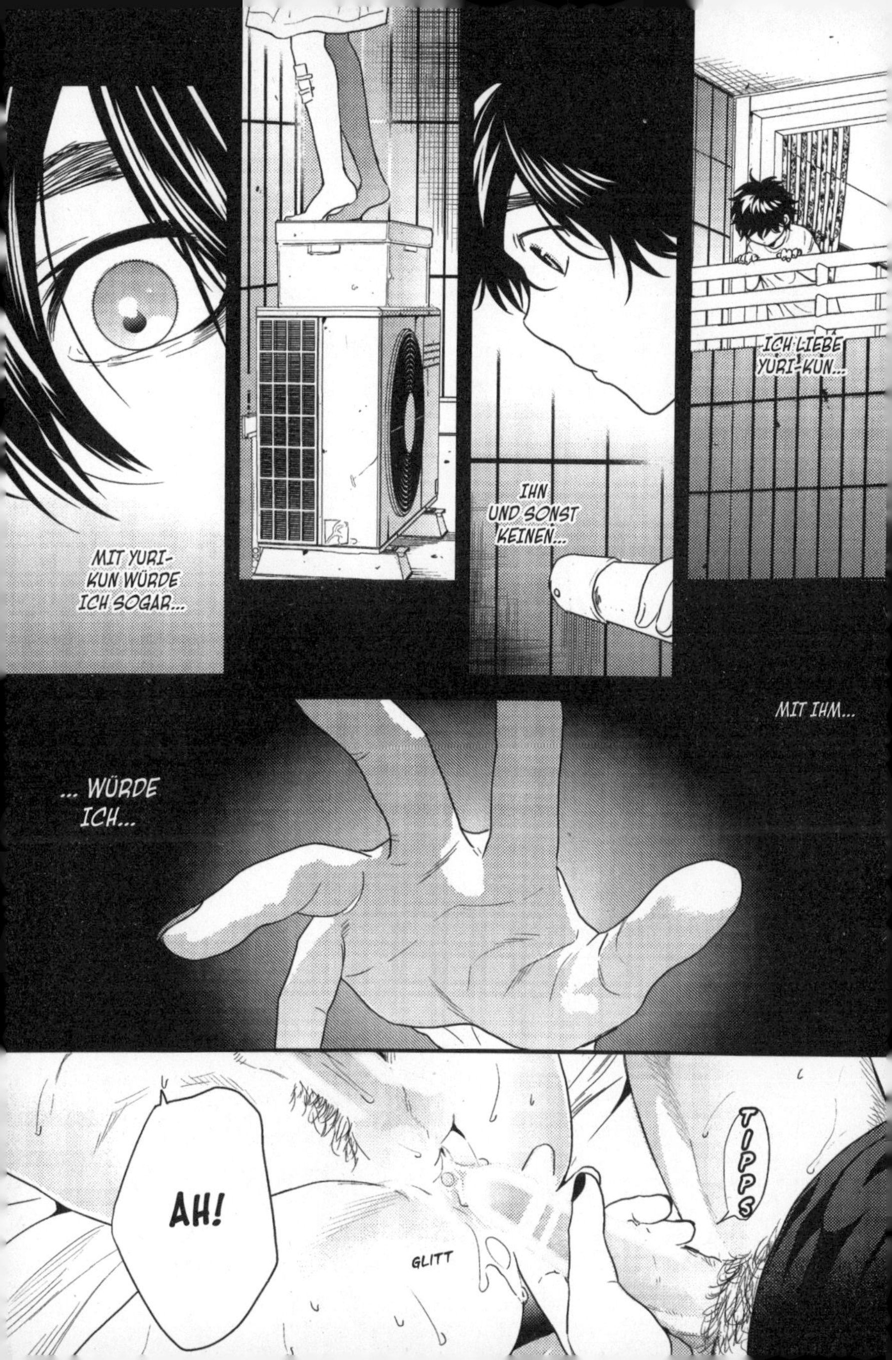
ICH LIEBE YURI-KUN...
IHN UND SONST KEINEN...
MIT YURI-KUN WÜRDE ICH SOGAR...
MIT IHM...
... WÜRDE ICH...
TIPPS
AH!
GLITT

HA...
KISS
KISS
AH...
HM...
♥
HM...
HM...
♥
AH!
AH...
FLUP
HA...
AH...
ZUCK
ZUCK
NGH
AAAH...!
PUSH

YURI-KUN
PENETRIERT MICH!
VORHIN WAR
ICH IN IHM...
NUN IST ER
IN MIR...
YURI-KUN AUF
ALLE ARTEN...
IHN SO VIEL ZU
BERÜHREN UND
VON IHM BERÜHRT
ZU WERDEN...
ICH WERDE
NOCH VER-
RÜCKT VOR
LIEBE...!
YURI-KUN!
YURI-KUN!
YURI-KUN!
YURI-KUN!
GLITT
PUH...
GIEK
GIEK
GLITT
GIEK
AH!
YURI...
KUN...!
GIEK
GLITT
SLUFF
GLITT
AH!
GIEK
ZUCK
ZUCK
ZWIP
HA...
AH...
GIEK
AH...
AAAAH...
DRIPP
DRIPP

DAS PURE GLÜCK!
HNNN...?
DRIBB
AH...
HM...
SLUP
ZUCK ♥
HM...
YURI-KUN... ♥
HA...
WIE HAST DU ES GERN?
HÄ ...?
I-ICH WÜRDE ALLES TUN, UM DICH...
WIE WILLST DU ES?
GLIMP
GLIMP
I-ICH WILL ...

... DASS DU...
... MICH FERTIG-MACHST...
ZOOO
HEHE...
GRAPP
YEAAAH...! ♥
ICH MACHE DICH FERTI-IIG...!! ♥
GROIN
AH!
PAAAMM
GIEK
AH!
UH...!
ROLL
GAH!
GLITT
GIEK

NGH!!
ZAPAMM
WOPPA
WOPPA
KH!
NGH!
MGH!
PAMM
PAMM
HA...!
DRIPP
DRIPP
AH!!
PAMM
UAH... AH... AH...
AH!
GLIBB
PUSH
YURI-KUN... HMMM...
HM! ♥
YU-YURI-KUN... HMMM...
PAMM
GLITT
PAMM
PAMM
GLITT
YURI-KUN... DARF ICH NOCH MAL REIN...?
IN DICH...? ♥
TICK
TICK
PAMM
AH...!
AH!
HA!
GIEK
GIEK
HAAAH...
AH...

NGH...!
PAMM
ZUCK
HA...
HAAAH...
ZUCK
AH!
AH...
SPLAAA
PAMM
HA...!
PAMM
WAAAH ...
GLAAA
ABSOLUTE SPITZE! DU BIST SO SÜSS! UND SO SCHÖN!
DEIN KÖRPER TUT SO GUT, YURI-KUN!
ICH KOMME GLEICH NOCH MAL... UH... UH... AAAAH!
UH! UAAAH!
Haaah!
Haaah!
FUUU
FUUU
UH... HAAAH ...
UH...
HAAAH... HA... UH... UH...
BIBBER
HA...
BIBBER
BIBBER
ES TUT SO GUT... ICH LIEBE DICH SO SEHR... ICH GLAUBE, ICH STERBE GLEICH...

ガッ ZUCK
BIBBER
BIBBER
HAAAH... FUUUH...
ガク ZUCK
ICH BIN SCHON WIEDER GEKOMMEN... SORRY...
へー FUUU
ES IST SÜSS, WENN DU SO ZUCKST...
ZOPP
WAH...?!
HA...
SHIT ...!
SCHLUSS JETZT...
はっ HÄ?
...!!

WAAAAAH ENTSCHUL DIGE! ENT SCHULDIG YURI-KUN
HAAAH ... BIN TOTAL FERTI-IIG...
DAS IST MEINE SCHULD! SORRY!
HÄ...? ÄH... ICH VERSTEHE KEIN WORT...
ぎゅうう
GNÜÜÜ
GAAAAAAH! IRREEEEE!!
UH... DU WARST IRRE, YURI-KUN! ♥
スキャ
BLING
AH...
ぐっ
GRAPS
する…
SWIFF

GIEK
MPH!
HEHE!
WAH...
HM...
HM...
KISS
HM! ♥
HM... ♪
AH... HIHI...
KISS
HIHI-HI...
KISS
KISS ♥
...?
YURI-KUN...?

LICK
!

BUH...!
はっ…
HÄ?
AH!
E-ENTSCHULDIGE!
ICH FAND, ES WÄRE...
... SCHADE DRUM...

ZIWITT
ZIWITT
...
パチ BLIP
HM ...
RUBS ゴシ...
ES IST MORGEN...
ICH MUSS AUFSTEHEN...
AH, RICHTIG... ICH MUSS SHIKATANI HEUTE FRAGEN...
...
しょぼ BLING
しょぼ BLING
OB ER AUCH BRAV ZUR KRANKENSTATION GEGANGEN IST...?
HÄ...? WIE ICH SEHE...
... IST YA-CHAN SCHON AUFGESTANDEN...

COME TO WHERE THE BITCH BOYS ARE – BAND 3 – ENDE

HEY, LEUTE!
WAS HALTET IHR VON LUCKY SUKEBE*?
COME TO WHERE THE BITCH BOYS ARE
BONUS
* Glücksfall in einem erotischen Moment (z. B. wenn es einem Jungen gelingt, zufällig die Brust eines Mädchens zu berühren).
GLÜCKLICH DER, DEM ES PASSIERT!
SEHR UNWAHRSCHEINLICH, FINDE ICH ...
LUCKY SEX FÄNDE ICH BESSER!
LUCKY SEX!
Das wäre toll!
LUCKY BLOWJOB!
...?!
ICH MÖCHTE, DASS UNSER BITCH-KLUB DIESES PHÄNOMEN NÄHER UNTERSUCHT!
DANN LOS, LEUTE! LUCKY SUKEBE!
ZABBA
ZABBA
NEIN! DAS HIER IST DER FOTO-KLUB!
AUSSERDEM MUSS ES DOCH EIN GLÜCKLICHER ZUFALL SEIN!
HEY...! LUCKYYY ...!!
GRAPP
Ugh ...!
HÖR SOFORT AUF DAMIT!!

VON WEGEN GLÜCKLICHER ZUFALL! DAS WAR BLOSS SEXUELLE BELÄSTIGUNG!
GLÜCK BEDEUTET MEINE BERÜHRUNG AUF JEDEN FALL!
ICH WÜRDE DA VON UNGLÜCK REDEN...
GLIMPS
...
WAS MACHST DU HIER?
WUPP
IIIRK
WAH!
YA...! YA-YA-YA-CHAN!!
HÄ?
WARUM DENN SO SCHRECKHAFT...?
TJA, UND SO BIN ICH EBEN...
... VOR LUCKY SUKEBE GEFLOHEN...
Haaah...
WIE KANN MAN DAVOR BLOSS FLIEHEN ...?
SAG MAL...

ZÄHLT DAS HIER AUCH ALS LUCKY SUKEBE?
WOPPS
JA...!
NEIN.
LUCKY SUKEBE IST GAR NICHT SO ÜBEL...
NEIN... ES IST VIELLEICHT DAS ALLERBES-TE...
SMÜÜÜ
YA-CHANS GESICHT IST SO SÜSS...
Ciao...!
TAPP
TAPP
HEHE... BIN ICH NICHT NETT?
HAB IHM EINEN LUCKY SUKEBE VER-SCHAFFT ...
HMMM...

HÖR AUF DAMIT ...!!
VERGISS ES!
GUGIGI-GIAAA! HAHAHAHA!
VERGISS ES! VER-GISS ES!
GNNNNN
ICH WERDE DAS NICHT ESSEN...!
WIESO SOLL ICH JIMIS SELBST GEMACHTEN FRASS ESSEN?!
WIESO HAT ER ÜBER-HAUPT FÜR MICH MIT GEKOCHT?!
GUGIBA-BABA... HEHE... ♥
→ Wollen wir für Tamura auch eine Portion machen...?
WHIP WHIP
Uchi... Chu!
IHR HABT DAS GEMEINSAM GEKOCHT?! NA UND?!
DAS MACHT ES AUCH NICHT BESSER! WILLST DU MICH UM-BRINGEN?!
ICH WERDE DAS AUF KEINEN FALL ESSEN!
GAAAH ...!
BAAAMM
!
!!
IRKS
AH...!

BUH...! SCHÖN LEIS SEIN, VOGEL SCHEUCHE!
UAH...
ZASA
...
...
♪
ZRUFF
WOSCH
AH?!

UGH!
FLOMP
Raaah!
...!!
Raaah!
PFOTEN WEG...! KOMM MIR NICHT ZU NAHE...!!
MIST-KERL!
ZASA
...
AH, DIESER DUFT...
JAWOHL! EIN LUCKY SUKEBE...!
DA BISSU JA! ♥
!!
HÄÄÄH...?
KASHIMA, DU HATTEST NOCH KEINEN LUCKY SUKEBE!?

OB-WOHL DU SO AT-TRAKTIV BIST...?
DAMIT HAT DAS NICHTS ZU TUN!
HAHA ...
HAHAHA... NEIN...
UND WIE IST ES BEI DIR, AKEMI-SENPAI?
BEI MIR...?
YEAH! TI—T
ICH HABE DAS JEDEN TAG...! ♪
IST DIR EIGENTLICH KLAR, WAS EIN LUCKY SUKEBE IST?!
Mann...!
ZUFÄLLE WAREN DAS BISHER NICHT. DA WAR ALLES GEPLANT!
HAHA... WAS SOLL DAS HEISSEN?
TONO-KUN, ENTSCHULDIGE...
KLAR...! ECHTE LUCKY SUKEBE SIND EHER SELTEN...
DAS STIMMT!
HMMM ...
Hihi!
ALSO, KASHIMA-KUN... SOLL ICH DICH BEI EINEM MITNASCHEN LASSEN...?
HÄ...?

ベ
ZRUFF
ーーッ
Schon steif...!
HEY! ♥
ぷるんっ♪
DOING
GLUPS

AAAAAAH...!!
Waaaaah!
WAS SOLL DAS?! IST JA ECHT DAS LETZTE!!
DAS IST NICHTS AUSSER SEXUELLER BELÄSTIGUNG!!
DUUUU...!
HÄÄÄH ...?
RUBBA
RUBBA
RUBBA
RUBBA
I-ICH HAB NICHT HINGESEHEN!
LÜGNER!!
WUPP
Auaaa...
DAS SIND KEINE EROTISCHEN ZUFÄLLE, SONDERN GEPLANTE PERVERSE AKTE!
ICH STEIGE AUS DIESEM KLUB AUS...!
WAAAH! SORRY, TONO-KUN! NICHT AUSSTEIGEN...!
I-ICH HAB NICHTS GESEHEN...

Kashima
...
NEIN,
NEIN,
NEIN...

...
むく
WUPP
ガチャ
KLACKA
カチャ
KLACKA
NICHT DARAN DENKEN...
ICH... ICH WERDE MIR ETWAS ANDE-RES SUCHEN...
DAS IST SICHERER...
ぎゅっ...
GNÜ

HA...
HA...
...
...
GNÜ
FAP
FAP
GNÜ
HA...
...
...
KH...
GLITT
ニュ、
GLITT
ニュル、
HAAAH ...

HA...
HAAAH...
PUH...
...
UH...
FAP FAP
GLITT
FAP
GLITT
...
GNNN
HA...
...
HA!
HA...
KH...
HAAAH...
UH...

SPLISH
ZUCK
UH...!
ZUCK
HAAAH...
HA...
SWIFF
...
FLOINK
...
GIEK
AHHH
...

AH...
KASHIMA! MORGEN ...!
WAH...!
TAPP TAPP
MO...
MORGEN ...
...?

MACHST DU DIR ETWA NOCH GEDANKEN WEGEN GESTERN?
HÄ?
KLAR. BEI ANDEREN INTERESSIERT MICH SO EIN STÄNDER AUCH WENIG...
... ABER...
SCHON GUT...! IM GRUNDE WAR ES NUR UNTER MÄNNERN!
MAN KENNT DEN ANBLICK JA AUS DEM BAD!
... DER, DEN ICH GESTERN SAH...
... GEHÖRTE JEMANDEM, DEN ICH MAG...

ぶわわっ
BLUSH
WAS...? AH! DU HAST ALSO DOCH HINGESE-HEN!!
ACH... NA JA...
SORRY ...
BLUSH
しぃん...
SCHWEIGEN
...
ICH HABE DIESES LU-CKY SUKEBE WIRKLICH SATT...
GOTT SEI DANK...! ☆

Come to where the Bitch Boys are

Ogeretsu Tanaka

NACHWORT

HALLO, HIER IST OGERETSU TANAKA! VIELEN DANK, DASS IHR EUCH AUCH FÜR DEN DRITTEN BAND VON „COME TO WHERE THE BITCH BOYS ARE" ENTSCHIEDEN HABT!

DIESMAL LIEGT AUCH EINE OAD* BEI. ES IST FÜR MICH DAS ERSTE MAL UND ICH HABE DABEI MIT FREUDE SO MANCHES GELERNT.

DENEN, DIE MICH UNTERSTÜTZT HABEN, MEINEM REDAKTEUR, MEINEM VERLAG, DEN DESIGNERN UND ALLEN BETEILIGTEN, KANN ICH GAR NICHT GENUG DANKEN!

AUCH DIE LEUTE VON TOHO** UND GRIZZLY** HABEN WIRKLICH VIEL FÜR MICH GETAN. ICH BIN TIEF BEWEGT DARÜBER, DASS SO EIN TOLLER ANIME AUS MEINEM WERK ENTSTANDEN IST.

HIER IM DRITTEN BAND GEHT KASHIMA NUN ÄUSSERST ENTSCHLOSSEN VOR, DOCH AUCH YA-CHAN SUCHT EIN WENIG NACH LIEBE – ES WIRD ZUNEHMEND KOMPLIZIERT UNTER DEN ERSTKLÄSSLERN! ICH HOFFE, IHR BEOBACHTET SIE WEITERHIN MIT LIEBEVOLLEM BLICK!

VIELEN DANK, DASS IHR BIS HIERHER GELESEN HABT!

ICH WÜRDE MICH SEHR ÜBER EIN WIEDERSEHEN FREUEN!

OGERETSU
TANAKA

* Original Animation DVD. Betrifft die japanische Ausgabe.
** Anime-Studios.

BOYS LOVE

Ogeretsu Tanaka

The right way to write Love

Lass mich dein Herz brechen!

Während seiner Schulzeit war Hiro nie sonderlich beliebt und Freunde hatte er kaum. Als ihm obendrein ein Junge namens Natsuo, den er gemeinhin als „absoluten Idioten" bezeichnen würde, seine Liebe gesteht, beschließt er, dass sich etwas ändern muss. Mit neuem Styling und einem Abschluss der Make-up-Artist-Schule in der Tasche, wird er zum Top-Stylisten der Stadt und schafft tatsächlich einen Neuanfang. Als sich Natsuo jedoch in seinen Friseursalon verirrt, kommt Hiros Vergangenheit wieder hoch. Ob Natsuo ihn erkennt und noch die gleichen Gefühle hegt wie damals?

The right way to write Love

Band 1 ISBN 978-3-7704-9345-6

€ 7,50 [D] € 7,80 [A]

MANGA 漫画

www.egmont-manga.de

EGMONT

„Come to where the Bitch Boys are" von Ogeretsu Tanaka
Aus dem Japanischen von Monika Hammond
Originaltitel: „Yarichin Bitch-Bu" Vol. 3

Originalausgabe:
YARICHIN☆BITCH-BU Volume 3

Originally published in Japan in 2018 by Gentosha Comics Inc.,Tokyo.
German translation rights arranged with Gentosha Comics Inc.,Tokyo through
TOHAN CORPORATION, Tokyo.

Deutschsprachige Ausgabe:

verlegt durch Egmont Verlagsgesellschaften mbH,
Alte Jakobstraße 83, 10179 Berlin

5. Auflage 2021
Verantwortliche Redakteurin: Katharina Altreuther
Textbearbeitung: Etsche Hoffmann-Mahler & Ulrike Marotz
Gestaltung: Esther Strunck
Koordination: Manuela Rudolph
Printed in the EU
ISBN 978-3-7704-5705-2

SUTOPPU!

**Koko wa kono manga no owari dayo.
Hantaigawa kara yomihajimete ne!
Dewa omatase shimashita!
Tanoshii hitotoki wo dozo!**

Egmont-Manga-Chiimu

STOPP!

**Das ist der Schluss des Mangas.
Fangt bitte am anderen Ende an!
Und nun genug der Vorrede,
viel Spaß beim Lesen!**

Euer Egmont-Manga-Team